1912年诺贝尔文学奖获得者

豪普特曼
新浪漫主义戏剧三种

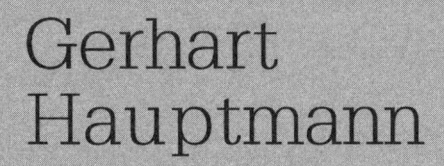

Gerhart
Hauptmann

[德] 盖尔哈特·豪普特曼 著

胡继成 译

上海社会科学院出版社
SHANGHAI ACADEMY OF SOCIAL SCIENCES PRESS

译者序

盖尔哈特·豪普特曼（1862—1946），是 19 世纪后期 20 世纪前期德国文学的杰出代表，在戏剧、小说、诗歌等多个领域都有重要成就。

豪普特曼 1862 年出生于西里西亚的上萨尔茨布隆（今属波兰）。祖父是一名织工，父亲罗伯特·豪普特曼经营一家旅馆，豪普特曼六岁时开始在乡村小学学习。由于家庭收入减少，他于 1978 年中断了在布雷斯劳实科中学的学习，去了一家农场做实习生。一年半后，由于身体不适，豪普特曼又中断了农场实习。由于未能通过普鲁士军官考试，豪普特曼在 1880 年到位于布雷斯劳的皇家工艺美术学校雕塑班学习。其间豪普特曼写了一部短剧《爱之春》，奉献给哥哥的婚礼。同时也正是在婚礼上，他遇到了新娘的妹妹玛丽，并且秘密订婚。未婚妻资助他去耶拿大学。1882 年，豪普特曼进入了耶拿大学，学习哲学和文学史。其后又去了意大利等地，1884 年到柏林大学学习历史与戏剧。1885 年婚后，豪普特曼专门从事文学创作。豪普特曼在柏林时期，与当时的作家群体有了广泛接触，并开始进行文学创作。《日出之前》《织工》《海狸皮大衣》等作品都是豪普特曼自然主义戏剧的杰出代表，给他带了许多声誉。

自 1894 年开始，豪普特曼进入了一个新的创作阶段：新浪漫主义时期（Neuromantik）。本书的三个剧本均是豪普特曼的新浪漫主义戏剧作品。

《汉娜拉升天记》是豪普特曼使用诗体写作的童话剧，于

1893年11月14日在柏林皇家剧院首演。年仅14岁的小女孩汉娜拉在母亲去世后因无法忍受酗酒的养父的虐待，在寒冷的冬日跳入池塘中，后被教师救起送入贫民院里。汉娜拉在高烧中神志不清，出现了许多幻觉。当幻境消失时，汉娜拉也去世了。剧中既有对于贫民院等生活环境的描写，也有宗教神秘主义的幻觉色彩，将童话元素与自然主义美学相结合，因此被认为是豪普特曼从自然主义到新浪漫主义的过渡剧。豪普特曼在1896年凭借《汉娜拉升天记》获得格里尔帕策奖。

《沉钟》是豪普特曼最为杰出的戏剧作品，也是上演最多的作品。筑钟大师海因里希为山顶的教堂铸了一口新钟，比其他的钟都更为响亮，可以震慑一切妖怪精灵。然而在往山顶教堂运输的过程中，钟被树精设计推到湖底。海因里希被女精灵劳登莱茵救活，在她的魔法下获得力量。他不愿再回到人间世界，而是与精灵劳登莱茵住在一起，并要为她铸造一座钟。海因里希的妻子在绝望中投湖自杀，触碰到湖底的钟发出声响惊醒了海因里希，唤醒他重回人间。此时此刻的他意识到自己无法超越尘世，完全投入于艺术创作之中，对未来也失去了信心。最后在劳登莱茵的怀抱里，海因里希结束了自己的生命。对于这部剧的主题，历来有多种解读，包括艺术与生活之间的对立，宗教信仰与艺术家的使命之间的冲突，等等。有人将这部剧和哲学家尼采的《查拉图斯特拉如是说》与《论道德的谱系》联系起来，也有研究者将海因里希的两难看作是剧作家豪普特曼人生的真实写照。1925年，冯至等人在北京成立了新文学团体"沉钟社"，名字就是取自这部剧本。冯至等人从海因里希的教训中获得了启示，"从事文艺工作，必须在生活中有所放弃，有所牺牲，要努力把沉入湖底的钟撞响，若是撞不响需要另铸新钟时，要从亨利的失败里吸取教训"。

《可怜的海因里希》取自德国中世纪骑士诗人哈特曼·冯·奥厄的同名诗体小说。主人公海因里希身患麻风病，但是他拒绝使用一个孩子的生命来治愈自己的疾病，在死神面前展现了强大的意志与高尚的灵魂，最终凭借这些高贵的品质走出了麻风病带来的绝望。《可怜的海因里希》于1902年在维也纳城堡剧院首演后，当时的评论界对豪普特曼产生了争议，有些自然主义文学家与批评家认为豪普特曼背叛了自然主义文学。不过读者慢慢地接受了豪普特曼的风格转变，1905年豪普特曼凭借此剧第三次获得格里尔帕策奖。

除了这三部外，《碧芭在跳舞》等剧也属于新浪漫主义时期的作品。新浪漫主义是19世纪末20世纪初的文学潮流，偏重神话、传说与童话等题材，是对自然主义文学潮流的反动。豪普特曼作为时代文学的引领者，在自然主义与新浪漫主义方面均取得了杰出成就。从1906年以后，豪普特曼逐渐远离新浪漫主义的潮流，写作了不少其他戏剧，包括《群鼠》《日落之前》等重要作品。在1912年，由于"他在戏剧艺术领域中丰硕、多样而又出色的成就"，豪普特曼被授予诺贝尔文学奖。豪普特曼一生笔耕不辍，其后也写作了不少长篇小说与诗歌。1946年6月6日，豪普特曼在阿格内滕多夫与世长辞，后被安葬在希登湖岛。

目 录

沉钟
1

汉娜拉升天记
107

可怜的海因里希
161

沉钟

一部德意志童话剧

创作时间：1896年。

初版：单行本，柏林，S.菲舍尔出版社，1897年。

人物

海因里希——铸钟师

玛格达——海因里希之妻

他们的两个孩子

女邻居

牧师

教师

理发师

威蒂歆——老妇人

劳登莱茵——一个女精灵

尼格曼——水精

树精——牧羊神似的树精

小精灵们

住在树上的男女侏儒

六个小矮人

故事发生在山上及山脚下的村庄里。

第一幕

枞树林环绕着山中草地，簌簌作响。舞台背景的左边有一个小木屋，木屋一半隐藏在突出的岩石下。右前方，一口古老的汲水井坐落于林边附近。半像孩童半像少女的劳登莱茵坐在高高的井沿上，她是一个精灵。她一边梳着杂着红发的浓密金发，一边驱赶纠缠不休的蜜蜂。

劳登莱茵：金色的蜜蜂嗡嗡叫，你从哪里来？你这个爱吃糖的家伙，你这个做蜂蜡的小东西！你这个晒太阳的小鬼，不要打搅我！走开！让我一个人待着！我要用老婆婆金色的梳子梳头发！抓紧啊，要是她回来了，定会责骂我！走开啊，让我一个人待着！嗨，你在这找什么呢？莫不是我是一朵花？我的嘴像那盛开的花朵？越过小溪，飞到田埂那边，藏红花，紫罗兰，还有樱草花，慢慢爬进去，尽情吸取，不醉不归。——说真的，走开！滚回家，回到你的窝里去！你要知道，我已经不喜欢你了。森林里的老婆婆讨厌你，谁让你把蜂蜡给教堂做献祭用的蜡烛呢。你明白吗？这可不是什么好行为！喂，婆婆，屋顶上的老烟囱，往我这里吹些浓烟吧，把这个坏东西赶走！——来，吹呀！吹呀，来，轻轻地吹吧！哈哈，赶紧走吧！

（蜜蜂飞走。）呵，终于飞走了。——

（劳登莱茵安安静静地梳了一会儿头发，然后她到

井边弯下腰来,对着里面大声喊,)

喂,尼格曼!老家伙听不见,我自己唱首歌吧。

无人知道,我来自何方;

无人知道,我将归何处;

我是一只林中鸟,

还是一个林中仙。

鲜花盛开,花香溢满林中。

可曾有人弄得清,

花儿究竟来自何方?

有时我的内心也会灼烧:

渴望见到我那亲爱的父母。

可是除了顺从命运的安排,

我别无他法。

我是森林里美丽的金发公主。

(又向井里喊道,)

喂,尼格曼老头,赶紧出来吧!林中的老婆婆去捡枞树的球果了。我感觉好无聊,跟我说会儿话吧,拜托帮帮忙啦。作为酬谢,今天晚上我会像黄鼠狼一样,蹑手蹑脚溜进农夫的鸡棚,为你抓只小黑鸡。——他出来啦!喂,尼格曼——

水下面咕咚咕咚,银色的水泡不断浮上来。你现在在水下呼气,打碎了我的黑色的圆镜子,我的影子正在镜子下面乐呵呵地点头呢。

(跟井里的倒影聊天。)

喂,你好,亲爱的井里姑娘?你叫什么名字啊?——

喂，怎么称呼你呀？——劳登莱茵？你想成为最美丽的少女吗？——你说是？——我呀，我是劳登莱茵。你在那说啥呢？你为什么用手指着我这个孪生姐妹的胸部呢？往我这里看，你看我是否像弗莱娅[1]那样美？难道我的头发不是纯然由太阳的光线做成的，像火红的金块一样灼烧，在下面的水面上闪闪发光吗？你在深深的水底披散着头发，闪闪发亮的缕缕金发像人们捕鱼时撒开的渔网一样，我看到啦。好吧，你个傻瓜，接住石头！你的美丽马上就消失了——我还是和往常一样——嗨，尼格曼，陪我打发一下时间吧。哦，你出来啦。

（尼格曼从井里露出了胸口以上的部位。）

哈哈，你好难看啊！叫到你的名字，我都会起鸡皮疙瘩。每次见到你，你都变得愈来愈糟糕了。

尼 格 曼：（他是一个上了年纪的水精，浑身湿漉漉的，头发形似芦苇，呼气悠长如海豹。他不停地眨眼，直至慢慢适应外面的阳光。）呼噜呼噜。

劳登莱茵：（做模仿状。）呼噜呼噜，好啦！闻起来有春天的味道，你连这个都感到奇怪。洞穴里的最后一只蝾螈都知道了，虱子、鼹鼠、淡水鲑鱼、鹌鹑、水獭、水鼠、苍蝇，连空中飞的老鹰，苜蓿里的兔子，都知道春天已经到啦！你为什么就不知道呢？

尼 格 曼：（恼怒得嘴里直冒泡。）呼噜呼噜！

---

1 弗莱娅，北欧神话里与爱情、美丽、生育等有关的女神。

劳登莱茵：难道是睡着了？你耳朵聋啦，眼也瞎啦？
尼格曼：呼噜呼噜，你别放肆！你以为我是谁啊！你个黄毛小丫头！身上还沾着蛋黄的小东西！才孵出一半的饶舌鬼！金莺的蛋壳！呱！你给我好好听着，呱！呱！呱！
劳登莱茵：要是您再这样恶毒的话，我就自己跳轮舞了。我有许多好伙伴，因为我漂亮、可爱又年轻。（欢呼。）嗨，唷，嗨！可爱又年轻！
尼格曼：（还是没出来。）呼，呼！
劳登莱茵：树精，快出来和我跳舞吧。
树精：（树精的两腿是公羊腿，胡须是山羊胡须，头上还有角，正在草地上步履滑稽地蹦跳过来。）跳舞我是不行，不过我可以给你蹦蹦跳跳来几下。就是最快的山羊蹦跳也比不上我。

（色眯眯的，）若是你不喜欢的话，我还会另一种跳法。赶紧和我一起到林中去吧，可爱的小东西；那里有棵古老的柳树，树心已经被掏空，鸡鸣声传不到，水流声听不见。到那儿后我给你做个小魔笛，大家就会跟着你的笛声翩翩起舞。

劳登莱茵：（躲开树精。）我？——跟你？

（嘲笑说，）

山羊腿，乱蓬蓬！

去追你的丑丫头！

我身材苗条，长得漂亮。

赶紧走吧，把浑身臭膻味也带走！

　　　　　　回到母山羊身边，每天生只小山羊，
　　　　　　礼拜天，生三只。加起来，共九只。
　　　　　　九只浑身脏兮兮，上蹿下跳的小山羊！
　　　　　　哈！哈！哈！
　　　　　　（高傲地笑着回屋。）

尼　格　曼：呼噜呼噜，真是个野丫头！倒也给你一棒！

树　　　精：（原本想抓住这个少女，现在站在那儿。）让她上钩可真难！

　　　　　　（拿出一个短烟斗，用蹄子擦火柴点烟斗。——暂停。）

尼　格　曼：你家那边怎么样？

树　　　精：就那回事啦！在这下面挺暖和的，你们这里很舒服，我们那上面大风呼呼而过。云爬到山脊上之后，雨点滴下来，就像挤湿海绵一般：简直就是猪圈啊！

尼　格　曼：树精，除此之外可还有其他新鲜事？

树　　　精：昨天我吃到了最新鲜的野莴苣。我今天上午从家里出来走了一个小时，穿过矮树林来到山下，步入乔木林。他们凿石挖土，到处都是该死的碎东西！真的，还没有比他们建的教堂以及那该死的钟声，让我更厌烦的了！

尼　格　曼：也包括他们将面包与荷兰芹掺杂在一起的时候。

树　　　精：除了忍耐别无他法，
　　　　　　抱怨哀叹又能顶何用？
　　　　　　新的教堂伫立在悬崖之上，
　　　　　　上有尖尖的窗户、塔和柱头，

十字架挂在最顶上。
若非我聪明机智又灵敏,
那可怕的钟必将高悬在空中,
骇人的钟声定会把我们赶得无路可逃。
可惜现在已经沉睡于湖底!
痛快!真是天大的乐事!
我站在高山上的草地中,
斜倚着松树残根,
口嚼着酸草,眼瞅着教堂,
边看边吃,别无他想。
真的!就在此时,
我看到一个血红色的蝴蝶飞到我的面前,
在石头旁边,我注意到它腼腆地扑来扑去,
好像在吸吮青苔上的蓝色花蕊。
我叫住它,它扑动着翅膀飞到我的手中。
我马上就看出它是一个小精灵。
他东拉西扯说闲话,
诸如青蛙在池塘产卵之类,
我已不再记得。
最后,它竟伤心地哭泣。
我尽己所能去安慰,
于是它开始哭诉,
他们手持鞭子,
发出"吁""吁"的吆喝声,
从谷中拖出东西。

不知是头朝下的铁桶,
还是其他什么东西。
恐惧占据了精灵们的心头,
看起来真是可怕。
不用想,人们想把这个东西高高吊在教堂的塔里。
日日用铁锤敲打,
把所有的地上的精灵鬼怪折磨致死。

我嗯了一下,呃了一声,
小精灵就飞到地面上了。
我蹑手蹑脚走进山羊群,
喝饱羊奶,神清气爽!
三个丰满的乳房都被我喝空了,
女佣来挤奶也是一滴也不剩。
之后我就来到了红色的木排旁,
人和骏马聚集之处。
呵,我告诫自己,必须耐得住。
我尾随它们,爬到树丛和石头后面。
八匹老马非常瘦弱,系着麻索停下喘气,
这个怪物实在前进不动。
膝盖颤抖,胁腹喘吁吁,
它们停下休息,准备开始继续前进。
我看到那钟太沉,板车根本拉不动。
我于是使用魔法,帮助它们节省气力。
此刻车子正好来到崖边。

抓住车轮，车辐断裂，
再一裂一推，摇摇晃晃，
钟便往下滑去，
头朝下直掉到谷底。
嗨！钟滚着跳着，发出响声。
就像一个铁球在岩石中蹦蹦跳跳，
发出巨响，
还有回声！
落入水底，溅起浪花。
让它待在水底！
永远沉睡不醒。

（在树精说话的时候，暮色渐渐降临。在他快要说完之时，微弱的求救声从森林里不断地传到这边。海因里希这时候出现了，一副病恹恹的样子，拖着沉重的脚步往小木屋走去。树精马上消失在林中，尼格曼也遁入井里。）

海因里希：（而立之年，以铸钟为职业，脸色苍白而又显得极为忧伤。）善良的人啊，你们能听到我说话吗？开开门吧！我迷路了，请帮帮忙。我从上面跌下来了！救命啊！救命啊！我实在——坚持不住了！

（他昏倒在小木屋门口附近的草丛里。太阳西沉，山上出现了一抹紫红色的云彩。夜风清凉，拂过草地。老婆婆威蒂歇背个背篓，从森林里蹒跚着走出来，雪白的头发没有束起来。她面孔更像个男人而不像女人，脸上有淡淡的胡须。）

威 蒂 歆：鲁坦德拉[1]，快过来帮帮忙！帮我拿点，我背太多东西了。鲁坦德拉，快过来啊！我都喘不了气了。这孩子跑哪儿去了？

（向飞过的蝙蝠，）嗨，老蝙蝠，你听我讲，你要是吃饱了，就到我屋里看看那孩子在不在家。跟她说快点过来，马上要下大雨了。

（对着天空发出威胁状，这时天空有微弱的闪电。）啊，雷神！你别那么凶！有个山羊在那边！你那红胡子不要太闪亮了！喂，鲁坦德拉！

（一只松鼠从路上跳过，对着松鼠喊道，）喂，小松鼠，我送你一个山毛榉果子。你两条小腿灵活吧，那就赶紧跳到我家去，跟鲁坦德拉说，快点过来！

（脚踢到海因里希。）这是什么东西？是谁躺在这儿？哎呀！年轻人，你究竟躺这儿做什么呢？你听不到我讲话，喔唷，你死了吗？——鲁坦德拉！不好啦，有麻烦啦！一个尸体躺在咱这儿，要是人们发现，那些警察和牧师会像条狗一样追来，说不定会烧了咱们的房子。年轻人！哎，他什么也听不见！

（劳登莱茵从屋里走出来，带着疑惑的眼神看了看。）你终于来了！——你瞧，有人拜访我们了，真是咄咄怪事！他一动一不动躺在地上，拿点干草弄个铺盖给他躺下！

劳登莱茵：在屋里？

---

[1] 劳登莱茵的昵称。

威 蒂 歆：这可不行！咱们家可没有那么大地方给他住。

（进屋。）

（劳登莱茵进屋里不一会儿，就拿着一捆干草出现了。正准备跪到海因里希的身旁时，他睁开了眼睛。）

海因里希：我现在是在哪里？善良的姑娘，请您告诉我吧！

劳登莱茵：呃，是在山里。

海因里希：山里，嗯，是在山里。我怎么到这里来了，告诉我！

劳登莱茵：亲爱的陌生人啊，我怎么能知道这些呢？不过还是别操心究竟发生了什么事情把你带到这里来的。这里有干草和苔藓，把头靠在上面休息一下。你需要休息。

海因里希：嗯，我需要休息，你说得对。但是休息离我太遥远，孩子，我离休息太远了！

（不安地，）我想搞明白，我刚才到底怎么了！

劳登莱茵：要是我知道的话就好了！

海因里希：我是在……我想想……我想，一切似梦境一般。确实如此，我现在仍在梦中。

劳登莱茵：这里有牛奶。你身体相当虚弱，喝些牛奶会好点。

海因里希：（匆忙地，）好，我想喝点，给我吧。

（接过她递过来的杯子，把牛奶喝下去。）

劳登莱茵：（当他喝牛奶的时候，）你可能不太习惯山里的环境，你是家在山谷里的人吧。你好像在山上迷路了，最近一个猎人也是这样。他在追着一个逃跑的野兽时，也失足跌死在这里。不过我觉得你和他是两种完全不同的人。

海因里希：（喝完了劳登莱茵的牛奶，既惊讶又兴奋，一眼不眨地看着劳登莱茵。）啊，讲，接着讲！你的牛奶让人精神为之一振，你的话更是如此。（再度感到虚弱又极为痛苦。）一个完全不同的人，一个更好的人！就是这样的人也跌下来了。孩子，你继续说！

劳登莱茵：我讲话又有什么用处呢！我还是过去给你从井里弄点新鲜的凉水来，你浑身都沾满了尘土和血迹……

海因里希：（急切地，）留下来，请不要走开！

（海因里希握住劳登莱茵的手腕，她站在那里犹疑不决。海因里希继续说，）用你那谜一样的眼神看着我！看哪，世界在你的眼里焕然一新，有山，有空气，还有飘浮的朵朵白云。世界被安排得如此甜美，我又为它着迷了。留下来吧，孩子！别走开，留下来！

劳登莱茵：（不安地，）我可以如你所愿，留在这里，不过……

海因里希：（激动不安地恳求，）留在我这里吧！留在这儿别离开！你知道……你很难想象，对于我来说你意味着什么。哦，不要叫醒我！孩子，我想对你说，我跌下来了……不，还是你说话吧，因为上帝赋予了你天籁一般的声音，我现在只想听你说。说吧！你为什么不说呢！你为什么不唱歌呢！——我跌下来了，我刚才已经说了。我不知道这究竟是怎么了。也许是我脚下的路突然消失了？也许是我自己想跳下来？或者我自己也不想跳下来？总之，我是掉下来了。泥土、石头和草地都和我一起掉到这深渊里了。

（激动地，）我抓住了一棵樱桃树！你可知道，那是一棵野樱桃树：小树干从岩石的缝隙里伸出来。可是树干断了，于是我右手抓住开花的树枝，粉红色的花儿纷纷飘落——我还是掉到这无底深渊之中，死在这里。现在我已经死了。告诉我，我现在确实死了！告诉我，没有任何人能让我再醒过来！

劳登莱茵：（不确定地，）我想，你大概还活着！

海因里希：我懂的，我懂的。我以前搞不明白：生即是死，死亦是生。（又虚弱地，）我掉下来了。我活着，掉下来。钟也掉下来：我们两个皆是如此。是我先它后，还是正好相反？谁想搞清楚呢？没人去弄明白这一点。唯一能弄明白的，就是这对于我都是一样的：以前是活着——而如今，我已经离开人世。

（软弱地，）不要走开！我的手——苍白似牛奶，我的手——沉重犹如铅，举起手来何其费力！双手拂过你柔软的秀发，犹如沐浴在毕大士的池子[1]里。你是如此甜美！别走开！我的手是温顺的，你是圣洁的。我以前见过你，可是究竟在什么地方见过你呢？我曾努力渴望获取你的芳心，竭诚服侍你……要多久呢？我要把你声音融入那铜钟，把你的声音和太阳庆典的黄金结合在一起：我总是无法创造出

---

[1] 毕大士的池子，耶路撒冷起死回生之地，无论害了什么病，进到池中就会痊愈。参见《圣经·新约·约翰福音》第5章。

一流的杰作。我每次都为之哭泣,流着带血的眼泪。

劳登莱茵：哭泣？究竟是怎么回事？我不明白你说的意思：眼泪又是什么？

海因里希：（着急地努力站起来。）可爱的姑娘,请把我扶起来。（她把他扶起来。）就这样低头看着我,可以吗？——用你那充满爱的双臂把我从坚硬的大地上解脱出来吧！时间将我束缚在这大地上,一如钉死在那十字架上。让我解脱吧！我知道,你一定可以做到的,就这里,在我的额头上……用你那柔软的双手解脱我吧：人们在我的额头上缠满了荆棘。我不要任何的王冠！只要爱！爱！（半坐半躺,精疲力竭。）

我得谢谢你。（身体虚弱,精神无望。）这里真美。风吹树林,沙沙作响,声音如此奇怪而又无所不在。枞树伸出昏暗的胳臂,摆动起来,如此神秘。枞树的顶端,摇晃起来,却又那么庄重。童话！嗯,童话吹过了森林。她喃喃细语,她轻声低吟。她簌簌作响,吹起了树叶,在森林草原上放声歌唱。看哪,拖着白雾蒙蒙的衣服,她走近了。——她伸出胳臂,用洁白的手指指着我,——她抚摸我……我的耳朵……我的舌头……眼睛——现在消失了——但是你在这里。你就是那童话！童话,亲吻我！（晕倒。）

劳登莱茵：（自言自语,）满嘴胡话,实在搞不懂！（很快下定决心,欲离开。）你还是躺着休息吧！

海因里希：（睡梦中。）童话，吻我！

劳登莱茵：（呆住，站着不动，两眼瞪着海因里希。天色愈来愈暗。突感害怕，急忙大叫。）婆婆！

威 蒂 歆：（没有出现，从屋内喊道。）孩子！

劳登莱茵：赶紧出来一下呀！

威 蒂 歆：你快过来帮我烧火。

劳登莱茵：婆婆！

威 蒂 歆：（同上。）你要是听得见的话，赶紧过来。我要去喂山羊，还得挤奶呢。

劳登莱茵：婆婆！帮帮他！他要死啦，婆婆！

威 蒂 歆：（站在小屋的门槛上，右手拿着装牛奶的壶，唤猫。）喵，喵，过来呀！——

（对于海因里希，顺便提一句。）附近没任何草药，这人肯定活不了了，我也没办法。就让他这样吧，别管他，这样最好喽。喵，喵，快过来！这儿有牛奶。猫儿到底跑哪里去了？

喂，喂，树上的男精灵！

我这有个壶，有个盆！

喂，喂，树上的女精灵！

我这有刚出炉的面包！

（大约十个住在树上的滑稽的男女小精灵，东摇西摆地从森林里急忙跑过来，冲向小奶壶。）

喂，你们大家，

都要安静。

你一块，

你一杯，

人人都有份。

小东西，

你们为什么这么吵呢？

这可不对。

咳，今天就这些。

孩子们，孩子们！

跑上跑下，

赶紧回去吧！

（精灵们就像他们出来时那样回到了森林里。月亮升起，树精出现在小屋上面的岩石上。两手像贝壳一样放在嘴上，模仿呼救声。）

树　　精：救命啊！救命啊！

威　蒂　歆：咋啦？

喊　叫　声：（来自远处的森林里。）海因里希！海因里希！

树　　精：（同上。）救命啊！救命啊！

威　蒂　歆：（恐吓上面的树精。）山上的鬼东西，管好你自己。小心撞翻装玻璃杯的瓶子，小心被狗咬，小心像工匠的学徒那样掉进沼泽里，全身都淹没在烂泥里。

树　　精：老婆婆，你看呀，来客人了。鹅毛上是什么？是满身都是气泡的理发师。鹅头上是什么？是梳着辫子的教师和拿着十字架的牧师。三个正直的怪物！

喊　叫　声：（比之前更近。）海因里希！

树　　精：（同上。）救命啊！

威　蒂　歆：愿雷电劈死你！竟然把教师和牧师给带到这边来！

　　　　　　　（攥紧拳头威胁状，）你等着瞧！你看吧，我会让蚊子和大虻来叮你，准把你吓死！

树　　精：（幸灾乐祸，离开。）他们到了。（下。）

威　蒂　歆：来就来，我才不管呢！（对着劳登莱茵。劳登莱茵一直站在海因里希面前，被他的模样和痛苦的神情吸引住。）赶紧到屋里去，熄灯，睡觉！快呀！

劳登莱茵：（闷闷不乐，固执地，）我不想进去。

威　蒂　歆：不想进去？

劳登莱茵：是的，婆婆。

威　蒂　歆：究竟为什么？

劳登莱茵：他们会把他带走。

威　蒂　歆：所以呢？

劳登莱茵：他们不应该这样做。

威　蒂　歆：孩子啊，孩子，赶紧过来！你得把人类的不幸都放下。他们想做什么，就随他们的便。他会死的。就让他这样死去吧，因为这对他最好不过了。你瞧，把他给折磨成什么样了。他的心跳一直混乱不堪，心碎如焚了。

海因里希：（在梦里。）太阳消失了！

威　蒂　歆：他再也看不到太阳了。来吧，让他一个人在这待着，跟我进来！我这是为你好。（退进屋里。）

劳登莱茵：（她独自一人留下，侧耳细听。呼唤海因里希的声音再次传来。劳登莱茵很快折下开花的树枝，在地上围着海因里希画了一个圆圈，口中念念有词。）

　　　　　　我用第一个小花枝

跟着婆婆学,

画个坚固的魔法圈。

来的人,都伤害不了你!

你是你的,也是我的!

男女老少,

无人能入。(她退回到暗处。牧师、理发师和教师依次从森林里走出来。)

牧　　师:我看到光啦。

教　　师:我也看到啦。

牧　　师:我们现在到底在什么地方?

理　发　师:只有仁慈的上帝才知道!求救声又传过来了。

牧　　师:是大师的声音。

教　　师:我啥也听不到啊!

理　发　师:声音是从高山那边传来的。

教　　师:除非人往天上掉,这才有可能!依我看来,实际上人只能从山上落入山谷,而不能反过来从山谷掉进山上。天哪!大师应该在50英寻的深处,而不是在这上面。

理　发　师:真是邪门了!你们竟然听不到叫声?要不是海因里希大师的声音,就让我去给山妖剃胡子,我确信我有这本事!现在又叫了。

教　　师:哪儿呢?

牧　　师:我们现在在哪里呢?诸位得先告诉我!鲜血在我的脸上直流。我再也走不动了,双脚发痛,实在不能再向前走了。

喊　叫　声：救命！

牧　　　师：又叫了！

理　发　师：就在我们附近！不会超过十步远！

牧　　　师：（精疲力竭，坐下。）我实在是太累了。真的啊，朋友们！我一步也走不动了！以主的名义，就让我待在这里吧。就好像被人痛殴一通，我一步也挪不动了。实在不行了！神圣的典礼，却以此结束。——万能的上帝啊！谁又能预料得到呢？那个钟，可是虔诚的大师的光辉杰作啊！神的旨意于凡人来说是无法猜想的，也是令人惊异的。

理　发　师：我们究竟在何处？牧师先生，您问我，我们究竟在何处？现在为了大家着想，我建议我们马上离开，越快越好！我宁愿赤身裸体待在马蜂窝里过夜也比在这鬼地方强：这里——全能的上帝保佑我们——这里是白银坡，我们离威蒂歆老婆婆的房屋不超过一百步。该死的天气！走吧，赶紧离开！

牧　　　师：我再也走不动啦！

教　　　师：走吧，拜托大家，走吧！这儿还有蓝色的吹笛人，魔法我倒是不害怕。但是没有比这个地方更可怕的了。这里是无赖、盗贼和走私犯的天堂！这里因拦路抢劫和血腥谋杀而臭名昭著，对于想学习害怕的彼得[1]来说，这真是再好不过的地方了。

理　发　师：你们都知道一加一等于二这样的问题，但是这世界

---

[1] 见《格林童话》中的《傻小子学害怕》一文。

上还有很多事情不是一加一等于二这么简单。魔法究竟是什么，教师先生，我想您并没见过。会魔法的老太婆，就像洞里的蛤蟆一样丑陋，躲在洞里做坏事。她会给你们带来疾病，给你们的牲口带来瘟疫。奶牛不产奶反而流血，绵羊身上长满虫子，马儿晕眩在地。要是她喜欢的话，会让你们孩子的辫子像妖怪一样，喉咙里长肿瘤，身体有溃疡！

教　　师：先生，您简直疯了！茫茫黑夜把你俩给弄迷糊了，才会说有什么女巫！仔细听，有人在呻吟！啊，我看到了。

牧　　师：谁呀？

教　　师：正是我们要找的海因里希大师！

理 发 师：是女巫愚弄了他！

牧　　师：这一定是女巫的幽灵！

教　　师：什么女巫的幽灵！二二得四，绝非得五，这个世界上根本没有什么女巫！正是大师躺在那儿，这就像我往常期盼得到至福一样真切。仔细看，月亮马上就从云彩里冒出来了。瞧，诸位！现在，我说对了吧？

牧　　师：不错，确实就是大师！

理 发 师：就是大师！

　　　　　（三人全都奔海因里希而去，却被魔环弹回。）

牧　　师：哎哟！

理 发 师：哎哟！

教　　师：哎哟！

劳登莱茵：（从树上跳下来，一闪而过；发出女巫般的讥笑后顿时消失。）哈！哈！哈！哈！

（暂停。）

教　　师：（呆住。）那是什么东西？

理　发　师：刚才是什么？

牧　　师：有东西发出了笑声。

教　　师：我感觉眼冒金花，头上似乎有个核桃般大的洞。

牧　　师：你们听到那笑声没？

理　发　师：听到了笑声，我也听到了嚓嚓作响声。

牧　　师：又笑了！声音从那边的杉树上传过来，杉树在朦胧月色下飘动。在那里！就那个鸱鸮在上面边叫边飞的树上！

理　发　师：你们现在相信我刚才说的关于女巫的话了吧？她可不只就吃吃面包那么简单！你们是不是和我一样感到害怕，浑身发抖？女撒旦！

牧　　师：（十字架高举在手里，坚定地向着小屋那边走去。）事实正如你们所说的那样。那边正是魔鬼的巢穴，前进，前进！上帝保佑之下，我们定能战胜这魔鬼！因为撒旦的狡诈很少像这回那么显眼，他竟把我们的钟连同铸钟大师一起推到这谷底。大师是上帝的仆人，这钟也是为上帝服务的。它立在这悬崖之边，就是要把和平与永恒之爱的声音，把上帝的赐福传送出去。我们正是作为上帝的斗士才站立在此。我去敲门！

理　发　师：不，别敲！

牧　　　师：我要敲门！（敲门。）

威　蒂　歆：谁呀？

牧　　　师：基督的信徒！

威　蒂　歆：基督徒也好，异教徒也好，你们有事吗？

牧　　　师：开门！

威　蒂　歆：（打开门上场，手里提着点亮的灯笼。）呃，你们有事吗？

牧　　　师：女人，以你不认识的上帝的名义……

威　蒂　歆：又开始说些不着调的话了。

教　　　师：闭嘴，你这臭婆娘！一句话都不要说！公正无处不在，你的大限将至。你污秽的生活和卑鄙的行为已让整个教区备感厌恶——倘若你不听从大家的命令——在黎明到来的时候，大红公鸡在屋顶上鸣叫，你的贼窝将在熊熊烈火中燃烧，烟雾直冲云霄！

理　发　师：（频频画十字。）我丝毫不怕你那恶毒的眼光。你这该死的婆娘，用你的红眼睛瞪着我看吧。你想用你的眼神置我于死地，这可是有着十字架的地方。按我们吩咐的去做，把大师交出来！

牧　　　师：女人，以你不认识的上帝的名义——我再说一遍——收起你的魔法，赶紧把大师交出来！那躺着的是一个大师，是上帝的仆人。他是一个艺术天才，给天国带来福音，给地狱送去灾祸。

威　蒂　歆：（一直朝海因里希走去，手提灯笼做抵御状。）够啦！你们尽管把这个年轻人带走，我才不愿意管呢。我可没动过他。他还活着,至于多久,我可不知道。当然了,肯定不会太长久了。你称他为大师,可是大师有什么好!你们觉得这个年轻人所铸的钟声音听起来不错,是你们的耳朵有问题,什么都不会听。这钟声我听起来就有问题,他也明白。你们晓得,这钟有了裂缝,所以敲不好。去把担架拿过来,把这个年轻人抬走!伟大的大师!嘴上无毛的大师!站起来,你应该替牧师布道,帮教师打小孩屁股,给理发师吹泡泡。

(他们把海因里希放在担架上,理发师和教师抬起来。)

牧　　　师:你这个堕落的下流女人,别再说了,回到你的地狱之路去吧!

威 蒂 歇:你在布道啊!我对这些东西清楚得很。我知道,欲望即罪过。大地是棺材,蓝天是棺盖。星星是上面的小洞,太阳是大洞。倘若没有牧师,我们的世界将会万劫不复,上帝也就成了稻草人。上帝靠你们传递福音,你就靠这些赚钱。你这个拖着尾巴的寄生虫,就会这些!

(砰地一下把门关上。)

牧　　　师:你这个女魔鬼……

理　发　师:天哪,息声吧。别再惹她了,要是惹急了我们就麻烦了。

(牧师、教师和理发师带着海因里希退进森林里。月色明亮,森林里的草原上静悄悄的。第一、第二和第三个女精灵从森林里依次跳出来,跳起轮舞。)

第一个精灵：（声轻语细。）姐姐！

第二个精灵：姐姐！

第三个精灵：苍白的月色笼罩在山头，

　　　　　　无论是在山坡、山底还是那山谷，

　　　　　　朦胧之外还带有丝丝清凉。

第二个精灵：你从哪里来？

第一个精灵：月光照在瀑布上，

　　　　　　水流掩映在月色下，

　　　　　　呼啸着跌进那深潭。

　　　　　　我穿过潮湿如水的夜色

　　　　　　来到了这里。

　　　　　　谷底汩汩地冒泡，

　　　　　　我穿过那滴水的岩洞

　　　　　　来到了这里。

第三个精灵：（出场。）姐妹们，我们现在围成一个圈吧！

第一个精灵：赶快加入我们吧！

第二个精灵：你从哪里来？

第三个精灵：侧耳倾听勿走神！

　　　　　　围着圆圈莫离开！

　　　　　　湖水静躺在岩石与岩石之间，

　　　　　　清澈明净，深不见底。

　　　　　　那就是我出生的地方，

　　　　　　宛如出自黑色的宝石之中，

　　　　　　金色的星星在里面闪闪发光。

　　　　　　在月色之下

>我撩起银色的衣服下摆,
>在微风之中
>我越过那山崖和深渊。

第四个精灵:(上场。)姐妹们!

第一个精灵:姐姐,一起来跳舞吧!

全部精灵:组成小花圈,轻声又细语。

第四个精灵:我从霍拉女神[1]的花圃里偷偷溜出来。

第一个精灵:围成一圈来跳舞啦!

全部精灵:组成小花圈,轻声又细语。

>(闪电越来越亮,远处雷声隆隆。)

劳登莱茵:(突然出现,双手放在头后面,站在门口观看;月色照亮了她的模样。)小精灵们,你们好啊!

第一个精灵:听,有声音!

第二个精灵:哎哟,我衣服破了!快滚开,老树精!

劳登莱茵:小精灵们,你们好啊!

第三个精灵:我的裙子,上白下灰,来回飘动。

劳登莱茵:(一起跳轮舞。)
>我也加入你们的小花圈!
>组成小花圈,轻声又细语。
>银色的小精灵,真是个可爱的孩子!
>瞧,我的衣服美不美?
>婆婆把闪闪发光的银丝织进衣服里。
>棕色的小精灵,仔细看,我的手和脚,

---

[1] 霍拉,日耳曼神话中掌管家事和婚姻的女神。

都是明亮又光泽。
还有你，金色的小精灵，
细细瞧我的一头金发！
我把头发往上摆起来，
——你们也这样做，
就像银红色的烟雾。
头发披在脸上，
犹如黄金与光线聚在一起。

全部精灵：围成一圈来跳舞！
组成小花圈，轻声又细语。

劳登莱茵：钟已落入水中。小精灵们，你们说，钟究竟在哪儿呢？

全部精灵：围成一圈来跳舞！
组成小花圈，轻声又细语。
雏菊和勿忘我，
我们连脚底都碰不到。

（树精蹦蹦跳跳走出来。雷声愈来愈响。在接下来的独白进行的时候，闪电猛烈一击，雨点啪啪落下。）

树　　精：将雏菊与勿忘我，
踩进泥土里，
沼泽中喷出水，草丛里咝咝叫，
小精灵们，那都是我干的！
两头牛弯下腰来，角顶着角！哎哟！
干草堆里，公牛在喘气，
瑞士小母牛伸着脖子

对它哞哞叫。
雄马的栗色皮肤上,
苍蝇夫妇在结婚!
蚊子围着马尾巴,
跳着爱情的舞蹈!
哈喽!老马夫!
女仆是否跟你正好合适呢。
马粪已经腐烂,马厩里热乎乎,
正好有风流事上演。
嗨嗨,嗨嗨哟!
轻声细语已成过去,
冰冻之下溪流潺潺。
生命的旗帜高高飘扬。
公猫咪咪叫,
雌猫咩咩笑。
老鹰、夜莺和麻雀,
野兔、鹿、公鸡和母鸡,
鹌鹑、山鹑与会唱歌的天鹅,
鹦、鹤、百灵和燕雀,
甲虫、飞蛾及蝴蝶,
青蛙、蛤蟆,蝾螈和虱子,
深入生命,释放爱!
(他抱住一个小精灵跑进森林里。其余的精灵均退场。劳登莱茵独自站在森林草地的中间,沉湎于幻想中。风雨雷电渐渐停下。)

尼　格　曼：(出现在井口。)呼噜呼噜！咳，你在那做什么？

劳登莱茵：啊，亲爱的水精叔叔，我很难过。我非常悲伤。

尼　格　曼：(狡猾地,)呼噜呼噜！究竟是哪只眼睛难过？

劳登莱茵：(逗乐了。)左眼难过。你难道不愿意相信我？

尼　格　曼：当然相信了。

劳登莱茵：(用手摸了左眼。)看一下，这是什么？

尼　格　曼：你指的是什么啊？

劳登莱茵：我眼睛里的东西。

尼　格　曼：你眼睛里到底有什么？给我看看！

劳登莱茵：一个温暖的水珠从我的眼睛里落下来。

尼　格　曼：哎呀，从天上落下？赶紧过来，让我看看！

劳登莱茵：(将手指上的泪珠给他看。)是个温暖的小水珠，闪闪发亮又非常温暖。你瞧！

尼　格　曼：天哪，真漂亮！你想让我带走吗？我把它装在粉红色的贝壳里。

劳登莱茵：好吧，我把它放在井边了。它究竟是什么东西啊？

尼　格　曼：一个漂亮的宝石！你往里面看，世界上所有的忧伤和欢乐都能从这个宝石里折射出来。它被称为眼泪。

劳登莱茵：眼泪？若果真如此，那我已经哭泣过。从此以后，我知道了泪水为何物。你快给我说说！

尼　格　曼：到我这边来，亲爱的孩子！

劳登莱茵：呃，不，我不要过去！我去了又有什么用呢！你那古井边破破烂烂，非常潮湿，都是些水虱、蜘蛛……还有我不知道的呢！我讨厌你们这些东西！

尼　格　曼：呼噜呼噜！那我真的很遗憾！

劳登莱茵：又有一颗小水珠。

尼　格　曼：雨季到了！雷公公在远处闪闪发光！宛如小孩子眨眼一般，闪电柔和地从雷公公的胡须里出来，青紫色的光线照亮了成团的密云。在闪电之光映现之下，一群乌鸦在灰色的天空里东奔西跑，陪伴着雷公公。乌鸦的翅膀在暴风雨里也淋得湿漉漉的。听，孩子，干渴的大地母亲的痛饮之声！草木蝇虫在闪电之中是何其欢乐！一切看起来皆如新生。

（闪电。）闪电照在山谷中！干得好，雷公公！雷公公点亮了复活节的篝火！雷公公的铁锤在燃烧，火光长达12000里。教堂上的钟塔在摇晃。钟架倒塌，烟雾冒出来了……

劳登莱茵：哎，你听！别说话！给我讲点我想知道的东西！

尼　格　曼：呼噜呼噜！你这个小麻雀，无忧又无虑：脑袋瓜里究竟想什么呢？倘若轻轻抚摸你，就会被你刺痛。这可不是有礼貌！按你要求的去做，结果反倒还要挨巴掌。我说的不对吗？你到底想知道什么？——瞧，你又嘟囔了。

劳登莱茵：什么都不想知道。让我静一静！

尼　格　曼：你真的什么都不想知道？

劳登莱茵：是的！

尼　格　曼：（恳求，）说句话吧！

劳登莱茵：我只想离开这里，离开大家。

（她满眼含泪，凝视着远方。）

尼　格　曼：（痛苦万分，急切地，）我对你做了什么呢，你想去哪里？不会大脑发热想到人类中间去吧？我可是要警告你。人这种东西，是偶然和我们搅和在一起的。他属于这个世界，也不属于这个世界。一半对一半——究竟是哪儿？天知道！——一半属于这里吧。他一方面从我们这里诞生，与我们是兄弟；另一方面却反过来敌视我们，漠视而又毫无希望。从自由自在的山里世界走出来，跑进那受诅咒的人类世界，是件不幸的事。他们扎根本不深固，却又疯狂地毁掉自己的根茎；一如地窖里发芽的土豆，内核已被疾病侵蚀，仍一个劲地往上长。他们伸出渴望的双臂拥抱阳光，却并不了解抚育自己的太阳母亲。春天的气息划过田野的草茎，带来阵阵清凉，可是脆弱的树枝依旧容易折断。冒失鬼，不要到人类中间去。你是在自己的脖子上套了个磨石。暮色降临之时，他们把你带进那灰色多雾的夜晚。你学会了哭泣，因为你被嘲弄。你会和他们一样，为一本古老的书所束缚，承受着太阳母亲的诅咒。

劳登莱茵：婆婆曾说，你是一个智者。你且看看从你的泉水里出来的溪流吧。溪流无论再细小、再清浅，它都渴望流进人类的国土，而且它也必须流进那里。

尼　格　曼：呼噜呼噜！你不可以去那里！听着，古老的谚语说，让仆人做仆人的活。给人们洗衣服，推磨坊，给花园里的卷心菜和草丛浇水。喔唷，想想就觉得恐怖。（热诚恳求，）你，劳登莱茵公主，应该做王后。在金光闪闪的大厅里,我有一顶绿色的水晶王冠,我要为你戴上。地板和天花板是用蓝色透明的石头做的,桌柜是由红色的珊瑚搭成……

劳登莱茵:你的王冠是纯正的蓝宝石做的,还是让你的女儿戴在头上光芒四射吧。我更爱我这金色的头发,它就是我的王冠,一点也不觉得重。桌柜虽由珊瑚所做,可是跟鳗鲡和鱼儿一起生活,能有什么意思呢?在水草、芦苇与水藻之间,在臭气熏天的井里和沼泽里,呼噜呼噜,有什么好!

(走开。)

尼格曼:你要去哪里?

劳登莱茵:(轻快地,疏远尼格曼。)和你有什么关系!

尼格曼:(悲伤地,)够了,呼噜呼噜。

劳登莱茵:到我想去的地方。

尼格曼:你想去哪里?

劳登莱茵:那里啊。

尼格曼:那里?

劳登莱茵:(举高双臂。)到人类的国土去!

(迅速消失在森林里。)

尼格曼:(极度惊恐。)呼噜呼噜!(啜泣。)呼噜呼噜!(声音变轻。)呼噜呼噜!(摇摇头。)呼噜呼噜!

第二幕

铸钟师海因里希的家里。一个老式的德国起居室。房间后墙的一半深深凹进去,有一个壁龛,里面有个带烟囱的灶。铜锅挂在没烧火的木炭上。向前突出的一半墙上嵌着牛眼玻璃的窗子,下面是张床。两侧各有一个门,左侧通往工作坊,右侧通往门厅。右前方有张桌子和几把椅子。在桌子上是装满牛奶的瓶子、杯子和一个圆面包。在桌子不远处是手提的圆桶。亚当·克拉夫特[1]、彼得·费希尔[2]等人的作品做整个房间的装饰品,其中最为引人注目的是彩色木头做的基督十字架受难像。

海因里希的两个儿子,分别是五岁和九岁。他们盛装打扮,坐在盛牛奶的杯子后面的桌旁。他的妻子玛格达同样穿着节日礼服,她手握一束樱草花[3],从右边进入屋里。清晨,天空愈来愈明亮。

妻子玛格达: 你们看,孩子们,我手里拿的是什么!就在后面的花园里,我碰巧看到了一整块地方都开满了樱草花。花开得正好,我们可以用它们打扮起来,隆重庆祝爸爸今天这个值得纪念的日子。

第一个男孩: 给我……

第二个男孩: 给我一束。

妻子玛格达: 你俩每人五束。你们得知道,其中一束是要献给天国的。现在赶紧喝牛奶,吃点面包,我们马上要出发了。这儿到教堂的路很远,也很陡峭。

女 邻 居: (在窗户旁。)太太,您睡醒了吗?

妻子玛格达: 哎哟,当然睡醒啦!我昨晚整夜都没合眼。这也

---

1 亚当·克拉夫特(约1460—1509),德国雕塑家。
2 彼得·费希尔(约1455—1529),德国雕塑家。
3 樱草花(Himmelschlüssel),德语是由"天国"与"钥匙"两个单词合成。

不是因为心里担心才睡不着。我现在倒是精神振奋,就跟土拨鼠酣睡之后醒来一样。今天天气挺晴朗的。

女 邻 居:确实不错。

妻子玛格达:您和我们一起去吗?一起去吧。我们一起徒步过去多好啊,顺着小孩子的步伐走,这样我是不会走得太快的。不过,说实话,我真想马上飞过去,而不是这样慢腾腾地走过去。我实在太高兴了,几乎等不及啦。

女 邻 居:您家先生昨天晚上没回家吗?

妻子玛格达:您想到哪里去了!只要今天教区的人都聚集在那里,钟结结实实地挂在钟架上,我就心满意足了。时间很赶,得抓紧,没时间浪费了。要是我的海因里希能够有一个小时睡会儿,躺在草丛上闭上眼睛休息一下,我就得感谢上帝了。总之,辛苦是辛苦些,但是回报更多。你们很难相信,这新铸成的钟听起来是何等虔诚,何等纯粹又美妙!今天钟声第一次响起的时候,请注意听一下!它如同祈祷和布道一般,它就像天使们的歌唱,给人们带来安慰,带来幸福。

女 邻 居:不错,是这样。可是,我觉得有些奇怪。太太,您知道的,从我家门口能看到山上的教堂。只要那钟好好地挂在那钟塔上,就应该有一面白旗在上面飘扬。可现在根本看不到那白旗。

妻子玛格达:你再仔细瞧瞧,肯定能看到的。

女　邻　居：不对，肯定是没有。

妻子玛格达：就算是您说的那样，这也说明不了什么。你们和我一样明白，这么一项工作是多么费力，大师日日殚精竭虑，夜夜绞尽脑汁。所以最后要是还有一个钉子没有如期钉进梁上，你们也无须奇怪。说不定马上就能看到旗帜飘飘了。

女　邻　居：我不相信会是这样。全村的人都知道，山上有些阴森恐怖的东西，还出现了一些灾祸的征兆。那边高山上的农夫看到一个赤裸的女人骑着公猪从庄稼地上飞奔而过。他捡起一个石头扔过去，马上从手到脚都无法动弹。这表示山上的魔鬼对新铸成的钟都非常讨厌。让我觉得奇怪的是，你对此竟一无所知。行政官员带着很多人都上山了。据说……

妻子玛格达：据说什么？官员上山了？天哪！

女　邻　居：还不清楚究竟怎么回事，都是些谣传而已，别担心。哎呀，不要激动，我求您了，别这样。没什么灾祸传过来。据说，装钟的车子坏了，连同钟一起毁了。至于究竟发生了什么，人们也不清楚。

妻子玛格达：哦，那就好。不管钟怎么样，只要大师没事就好。我胸前的这束花也不用摘下。既然现在人们还不知道具体发生了什么事，那我还是请求您，照看一下孩子……（她把两个孩子从窗口抱出去。）您能帮我照顾一下孩子吗？

女　邻　居：当然可以，孩子就放在我家。

妻子玛格达：那就把孩子放到你屋里了。我想赶快过去，越快越好。我去那看看，去帮帮忙，也不知道究竟能做什么。反正我得马上到我先生那里去。（她赶紧出去。）
（女邻居从窗边走开，传来人群的喧闹声，紧接着是玛格达刺耳的尖叫声。牧师叹息着走进来，揩了揩眼泪。他环视了一圈，似乎在寻找什么，然后迅速掀开床上的被子。他马上跑出去，在门口碰到抬着海因里希的担架。由教师和理发师抬着他走进来，他身体下面放了绿色的树枝。玛格达跟在身后，身体虚弱，双眼呆滞，几乎失去了意识。一男一女陪着她，人们挤在他们后面。他们把海因里希放在床上。）

牧　　　师：太太，振作起来！上帝保佑，刚把他放上担架的时候，我们都以为他死了。走到半路时，他又渐渐恢复了知觉。刚才医生也说，还有希望。

妻子玛格达：（深呼吸。）还有希望，感谢上帝！真是太好了！我实在太幸福了！我是怎么了？里面发生了什么事？孩子们在哪儿？

牧　　　师：上帝保佑。太太，请保持耐心！要耐心等待，要谦卑！你要明白，灾难最严重的地方，离上帝往往也最近。即使因为上帝已经决定，您的丈夫无法再醒过来，您也应该得到慰藉，因为他进入了永恒的幸福世界。

妻子玛格达：牧师先生，您到底在说什么安慰的话啊！我需要安慰吗？他会好起来的，他一定会好的。

牧　　　师：嗯，我们也是这么想的。即使他未能醒过来，也是上帝的旨意。无论如何，胜利都是属于大师的。他铸钟，是为了服务于上帝。他到山上，也是为了服务于上帝。黑暗的力量笼罩在山上，峡谷与深渊皆与上帝对抗。他为此倒下，同样是为了服务于上帝。他是在跟奸邪的地狱恶魔做斗争，那些恶魔恐惧于大师的钟声发出的快乐的讯息，与地狱结盟，将大师击倒。上帝会惩罚它们的！

理 发 师：这附近有一个能够通过祈祷来施神迹的女人，她能像以前基督的门徒那样给人治病。

牧　　师：那赶紧去找吧。倘若找到，马上带过来。

妻子玛格达：他怎么了？你们在这里看什么！都出去！你们看热闹的真可怕。赶紧走开！别瞪着他看，用毛巾把他盖上。你们这样会杀了他，至少玷污了他。现在都走吧。要是你们想看的话，就去看人家玩魔术！他到底怎么了？你们都哑巴了吗？

教　　师：想弄清楚到底怎么回事，确实很难。也许钟掉的时候，他去抱住钟？不过可以肯定的是，你要是去那看往下跌落的地方，你一定会跪下来感谢上帝的。因为你家先生还活着，这简直就是一个奇迹。

海因里希：（虚弱地，）我要水！

妻子玛格达：（突然惊起，飞快地，）都给我走开！

牧　　师：大家都回去吧，现在最需要的是安静。（众人离去。）太太，要是你需要帮忙的话，就来找我。

理 发 师：找我也可以。

教　　师：我想留下来。

妻子玛格达：不，都走开，一个也别留下来！

海因里希：给我点水！

    （牧师、教师和理发师耸耸肩，摇摇头，轻轻商量了一下，然后离开。）

妻子玛格达：（赶紧拿水给海因里希。）你醒了，海因里希？

海因里希：我渴得很，给我水。你没听到吗？

妻子玛格达：（下意识地，）忍耐些！

海因里希：练习忍耐，玛格达，过不了多久我就结束了。你倒是还需再忍耐一会儿。（喝水。）玛格达，谢谢你。

妻子玛格达：啊，海因里希，千万别这么说。你这么说，我心里很害怕。

海因里希：（极度激动。）你不要害怕，一定要活下去，即使没有我，也要活下去。

妻子玛格达：我不行……要是没有你，我也活不下去！

海因里希：你这样心痛，真是十足的孩子气。别再折磨我了。何必如此心痛呢，根本不值得呀。你是母亲，记住这句话，振作起来！

妻子玛格达：现在你就别这样折磨我了。

海因里希：（受折磨痛苦状。）这都是实话，你竟说这是折磨你。你的任务就是照顾好孩子。你的幸福，你的生命，你的辛劳都在孩子们身上。你的全部都在孩子上面。倘若不是这样，那才弄颠倒了。

妻子玛格达：（扑在他身上。）上帝帮帮我！我爱你远胜过我们的孩子，胜过我自己，胜过一切。

海因里希：孩子们幼年就丧父，真是可怜，你们真是不幸。而我的不幸则更强于你们，为此受到诅咒，从你们口中将面包和牛奶夺走。我感觉到这些东西进入我的嘴里就变成了毒药。这样也好。好好活着。无论如何，只能听从命运，无可逃避。以往时候，死亡的沉重阴影有时也会变成令人欢迎的光芒，现在对于我来说也是如此。

（虚弱地，）

把手递给我。我以前对你说过恶毒的话，做过恶毒的事；我也曾多次伤害过你的爱。玛格达，现在请你原谅我！我原本不想那样，可我却一次又一次地要那样做。我不知道，是谁在强迫我做这些事，可是似乎总有什么东西逼迫我这么做。我这么做，给你也给我带来了痛苦。玛格达，原谅我！

妻子玛格达：原谅你？原谅什么？要是你爱我，就别说这样的话，否则我会痛哭的。我宁愿你骂我。你明白，对于我来说你意味着什么。

海因里希：（受痛苦折磨状。）我不明白。

妻子玛格达：你把我娶过来，抬高我，使我成为一个人。以前我活得懵懵懂懂，贫穷又恐惧，仿佛生活在阴雨蒙蒙的灰暗天空之下。当你用坚定的双手把我的额头从灰霾之地扭向光明所在之时，再也没有比那个时候我更能感受你的爱。现在要我原谅你？这一切，我的全部，都是你给我带来的，还要我原谅你？

海因里希：人的内心错综复杂，竟如此奇异地纠缠在一起。

妻子玛格达：（抚摸着海因里希的头发，声音温和。）当我能为你做一些事，在屋里或者在工作坊中，为你节约一点时间，又不至于让你厌烦……海因里希，你想想，我是那么喜欢你的灵魂，我难道什么都不知道吗？我想把一切都奉献给你，只有这样才能报答你。

海因里希：（不安地，）我要死了，这是好事。这是上帝安排的，玛格达，因为我活着……你靠近我一点，我死了，对咱俩都好。你也许认为，是我把你唤醒，你方才开花，而那花就是为我而开。其实你错了，这一切都是创造神迹的永恒的上帝做的。春天的森林里百花争艳，可是也许明天上帝就会用寒冬的风暴将这一切都摧毁。我死去，这对你我都好。你瞧，我已老去，体态日渐衰弱。上帝不再让我铸钟，他才把我扔掉，对此我其实并不难过。我的作品如此失败，他以威猛之势把我连同我的作品推向谷底，正如我愿。确实，这个作品失败透顶。玛格达，这个钟掉下去了，它根本不配放在高处，它不能唤醒山顶上的回音。

妻子玛格达：我实在不明白你在说什么。你的作品完美无缺，赢得大家的高度赞美。金属上没有任何瑕疵，音色纯正。"大师的钟声犹如天使们的合唱"，大家都异口同声地说。人们把那钟挂在外面的树上时，都热烈地赞美它的声音……

海因里希：（激动不已，）在谷底听起来可以，在山上不行！

妻子玛格达：不是这样的。你没听到，我听牧师感动地对教堂里的人说："山上的钟声听起来多美好……"

海因里希：在谷底听起来还不错，但是在山上不行。这只有我知道，牧师根本不懂。我要死了，亲爱的，我也希望如此。你看，也许人们说我能够康复——即使万一有名医把我治愈，我也准备到养老院或者其他的地方去。生命的热酒，在过去喝起来有时苦涩，有时甜蜜，不过就像我刚才喝的一样，会变强壮，而现在却走了味道，清淡，污浊，发馊，冰冷。若合谁的胃口，倒是可以喝。可是对于我，这种混合饮料的味道远远闻到就想呕吐。安静点，听我继续说完。就算你为我找到一个让你觉得不错的医生，他能够治愈我，让我继续工作，可是玛格达，我已经不行了。

妻子玛格达：上帝啊，你跟我说说，你究竟怎么了？像你这样一个人，天赋极高，上天赐予你才华，为此广受赞美，饱受众人爱戴，你就是个艺术大师！你孜孜不倦、一心一意铸造了近百个钟，钟塔之上传来了对你的赞美。你美丽的心灵注入钟里，正如杯中之水流入原野和牧场。你把自己融入那紫红的晚霞、金色的朝阳。你的生命如此丰盈，你的付出如此之多，你就是传播上帝声音的人！你不停施予，除此未曾啜饮过他物，而我们犹如乞丐一般，只能接受施予。你好像对自己的工作并不满意。海因里希，你为何要把我抛进这样一种生活，你自己都满心厌恶？这样的生活于我来说又算得了什么？你都觉得一文不值，对于我来说又是什么呢？

海因里希：你不要误会我。你刚才所说的话，比我以往所铸的钟都更加深切、清晰。——谢谢你！可是你应该……玛格达，你必须理解我！这次，我最新铸成的钟是个失败的作品。当人们吆喝着拉着钟上山时，我的心里惴惴不安，跟在他们后面往山上走。然后，它跌下去了。这个钟掉进几百寻之深的山谷，落入湖底。我最后的作品，我倾尽全力努力的结果，就在湖底安静地休息。我一生都创造不出更好的作品了，所以钟落下去时我也随着一起下去。它已在湖底休息，而我还要拖着残躯在暗淡的生活里继续下去。我不为此难过，我哀悼的是已经逝去的东西。有一点可以确定，就是那个钟和生命都不复归来。我多么渴望再听一次埋葬在湖底的声音。真不幸啊！我曾经紧紧握住的生命，我以往的存在，就像一个袋子，里面装满了悲哀、悔恨，充满了疯狂、灰暗、错误、苦胆和酸醋。

可是如今我已经无法再紧握住我的生命了。山谷里的工作已经不再能够吸引我，这里的平静与安宁也无法像以往一样安抚我汹涌的热血。当我站在那高处时，充斥头脑里的是渴望向上攀爬，在雾海之上的清朗世界里漫游，借助高山之力助我创造作品！而我却是如此病弱，我无法做到，我只能再次跌落，这痛苦更是加倍，我宁愿就此死去。要想活下去，就必须重新变得年轻。传说山中有能够创造奇迹的花……从第二朵花里才能够创造出新的果实。我必须有健康的力量、钢铁般的肌肉、强健的双手、追求成功的疯狂劲，才能完成那前所未有的杰作。

妻子玛格达：哦，海因里希，海因里希！倘若我知道你所渴望的返老还童之泉所在，我必定倾力去找，即使磨破脚底也在所不惜。只要能给你的嘴唇带回青春，哪怕沉入泉底死去我也愿意。

海因里希：（痛苦地，身体虚弱，开始说胡话，）亲爱的，爱！——不，我并不想要那东西。不要拿东西！泉里都是血，就是血！我不要，让我走——让我——死。（昏厥。）

牧　　师：（重又上场。）太太，情况怎么样？

妻子玛格达：唉，糟透了！他病入膏肓。一种无名的痛苦撕咬着他。我不知道，我究竟怕什么，又能作何希望。（她很快披上披肩。）你们刚才说起一个会施神迹的人……

牧　　师：太太，确实如此，我就是为此才来的。她住在……离这还不到一里远，她叫……叫什么来着？我记得，在村子对面的枞树林那……对，就是在枞树林里，叫……

妻子玛格达：威蒂歆？

牧　　师：您想到哪里去了！那是个邪恶的老巫婆，是魔鬼的情人，她准会丧命的。人们整装待发，虽然害怕，但是都会跟她做斗争。他们都拿着石头、棍棒和火把，就是去打死她。她要对这里发生的不幸负责，人们会把她做的坏事都返还到她身上!我说的当然不是她,是另一个叫芬德克莱的太太。她虔诚又可靠,是一个寡妇。她的丈夫是个牧羊人,给她留下了——很多人都见证过这——一个古老的神秘方法,疗效极为神奇。您想去看看吗?

妻子玛格达:嗯,好的,牧师。

牧　　师:现在就去?

(玛格达穿衣时,劳登莱茵拿着草莓上场。)

妻子玛格达:孩子,你有事吗?你是谁呀?

牧　　师:她是米契尔山上小屋里的安娜。你别问她,她是个哑巴。她给我们拿了草莓过来,是个好孩子。

妻子玛格达:孩子,快进来!我想做什么来着?瞧,他病了。要是他醒了,你就去帮个忙。你懂我的意思了吗?芬德克莱太太,就是这个名字吧。路太远了,我离不开。等一下,邻居可以帮帮我。我马上就回来。就像刚才所说……上帝啊,我真难过!(下。)

牧　　师:你在这里站一会儿,不过坐下更好。机灵点,要是需要的话,就搭把手。上帝会奖赏做好事的人的。小姑娘,很久没见,你变得真多。乖孩子,亲爱的上帝赐给你以美貌,你要做个虔诚的小姑娘。说真的,孩子,看到你,总觉得你长得不像。你简直就是童话世界里的公主!真想不到一下子变化这么多。快冰冰他的额头,你懂我的话吗?他头发烫呢。(对着海因里希,)愿上帝治好你!(牧师下。)

劳登莱茵:(一直扭扭捏捏、羞答答的样子,突然改变,迅速做事。)

灰烬里闪烁着微光,

在生命气息的撩动下沙沙作响。

你那红色的风,出来吧,

你我皆为异端之子。

噗嗤,噗嗤,唱吧!

(炉灶里的火突然烧起来。)

锅儿来回摇晃,

铜盖加上重量!

蒸汽弥漫,汤水沸腾!

水气愈大,汤汁愈好!

噗嗤,噗嗤,唱吧!

(与此同时,她掀开锅盖,瞧了瞧锅里的东西。)

白桦树的嫩枝,新鲜正可做药草。

我把你们都撒在锅里,混在一起:

汤汁会变甜,会变烫,更会变浓烈!

谁若饮了它,就会神清气又爽。

噗嗤,噗嗤,唱吧!

现在我刮点芜菁放进去,然后再添点水。水桶空空。——还是先开窗子,天气真好。不过明天又会起风。山那边有条长长的云朵,就像一个巨大的鱼儿。明天云儿散去时,疯狂的精灵们会呼啸着过来,穿过枞树林和峡谷,最终来到山谷里的人类之家。杜鹃!有杜鹃!在这里也有杜鹃鸣叫,小燕子们迅疾地在天空飞翔,阳光穿过空气甚是明亮。

（这时海因里希睁开眼睛，看着劳登莱茵。）我现在去切芜菁，然后打点水。因为此刻我是一个女仆人，很多事情都要忙活。火焰啊，你真可爱，帮我干活吧！

海因里希：（惊呆，）谁……你是谁啊？

劳登莱茵：（迅速起身，活泼天真状。）我？我是劳登莱茵呀。

海因里希：劳登莱茵？没听说过。不过我在什么地方见过你。究竟在哪里见过呢？

劳登莱茵：在高山上。

海因里希：对，是的，那时我发烧躺在那儿。当时我在做梦。现在呢……现在又做梦了。做梦有时真奇怪。是吧？——这是我的房间。灶里炉火正旺，而我却躺在床上，即将死去。窗外望去，燕子在飞翔。夜莺在花园里嬉戏。丁香和茉莉传来阵阵花香，这一切我都能感受得到，连最细微的我也能看到。瞧！我盖的被子上的每根线，我都能看得到……还有里面细小的结。可这一切都是在做梦。

劳登莱茵：做梦？——啊，这是为什么？

海因里希：（入神状。）因为我在梦中。

劳登莱茵：你确定如此？

海因里希：是呀，也不是。不是，也是。——我在说什么呢？那就不要醒过来！你在问我是否确定。梦幻抑或真实，其实都一样。我感受得到，我看得清楚：你在这，你活生生地存在！不管是在我的身体里，还是我的身体外……你这个可爱的精灵！虽然我自己的灵魂已经复生,我同样爱你!待在这,别离开!

劳登莱茵:只要你喜欢,我就待在这儿。

海因里希:我还是在梦里。

劳登莱茵:你瞧,我抬起我的小脚了。你看到红色的鞋跟吗?瞧见了吗?这是一个榛子,我现在抓在手里,就在拇指和食指之间。现在放在脚下。咔嚓!——裂成两半。这难道是梦吗?

海因里希:这只有上帝知道。

劳登莱茵:那你再看清楚些。现在我走到你身边,坐在床上。我现在在这儿,津津有味地吃榛子仁……你不会觉得挤吧?

海因里希:没关系。那你告诉我,你出生在哪里,又是谁让你来的?你在我这儿又在寻找什么呢?我已筋疲力尽,痛苦缠身,生命的终点就在眼前……

劳登莱茵:因为我喜欢你。我生在何处,我也说不清楚;我去往何方,我也不知道。森林里的老婆婆把我从苔藓上捡起来,喝了雌鹿的奶水我才长大。森林中,沼泽上,大山里,那儿是我的家乡所在。每当狂风呼啸的时候,我喜欢翩翩起舞,在空中旋转。那时我会笑呵呵地欢呼不已。声音在森林里回荡,惹得树精、水怪、青苔和水里的精灵都会放声大笑。当我生气时,我会很淘气,乱抓乱咬一通。谁惹了我,可得注意点!让我完全安静下来,也不会好很多。因为我或好或坏,都要看心情,一会儿这样,一会儿那样,就像头上戴了帽子,心情随风摇摆。不过我很喜欢你，我不会乱抓你的。要是你愿意，我就待在这儿。如果你跟我一起到我山里的家中，那就更好了。你将看到，我会全心全意服侍你。金刚石、红宝石、黄玉、绿宝石、紫水晶沉睡在一个极其隐秘的竖井里，我会带你去看。你命令我做什么，我就会做什么。虽然我固执、淘气、偷懒，特别是不听话又滑头，但是你想做什么，只要你示意一下，不用说出来，我就会点头称是。森林里的老婆婆说……

海因里希：亲爱的孩子，你说的森林里的老婆婆，是谁啊？

劳登莱茵：森林里的老婆婆？

海因里希：对！

劳登莱茵：你不认识吗？

海因里希：我是个凡人，我看不见。

劳登莱茵：那你马上就能看到了。我有股神奇的力量，只要亲了对方的眼睛，他就能看到远至天边的东西。

海因里希：那你亲亲我的眼睛。

劳登莱茵：你别动好吗？

海因里希：那试一下。

劳登莱茵：（亲了他的眼睛。）现在睁开眼睛吧。

海因里希：你真是个可爱的孩子。你在我生命走向终结的时候被送到我的身边。你是上帝从遥远的春天给我折下的一束花枝——野生的花枝！哦，我若像从前那样生龙活虎，我必定会马上把你紧抱在怀里，大声欢呼。我以前眼睛瞎了，现在光明充满了我的身体。

　　　　　　我想象我明白了你的那个世界。啊，我越接近你，你这个谜一样的姑娘，我就越是觉得我看得清晰。

劳登莱茵：只要你想看，就看个够吧。

海因里希：你的金发真漂亮！太华美了！你是我最可爱的梦中人，倘若能和你一起同行，通往冥河的小舟也会变成国王的大船。扬起紫色的船帆，隆重地往东方向着早晨的太阳驶去。你感觉到从西面悄悄吹起的风了吗？风将钻石般清爽的水珠喷到我们身上，就像它南海里蓝色浪花上的泡沫一样。你感觉到了吗？我们躺在黄金和丝绸筑成的卧榻上，满怀幸福的希望，估量着那个让我们分开的遥远的世界有多遥远。你明白，因为你认出那个绿色的岛屿，白桦树在上面树枝弯下来，在蔚蓝的发光的水面上沐浴。你会听到春天的鸟儿唱着欢乐的歌，它们在等着我们……

劳登莱茵：嗯，我听到了！

海因里希：（虚弱地，）好吧，我已做好准备。当我醒来，会有人对我说：跟我走吧。然后光就渐渐消失了，里面会变得冰冷起来。预言家[1]死去，就像盲人死去一样。可我看到了你，而且……

劳登莱茵：（做仪式。）大师，睡吧！
　　　　　　等你醒来，你就是我的。
　　　　　　睡梦之中，

---

1 预言家（Seher）与动词看（sehen）词根相同。

精神的力量将起作用。

（在灶旁一边做仪式，一边振振有词。）

宝藏，中了魔法，渴望发出光芒，

深渊之下，无法闪烁。

狗儿狂吠，亦是徒劳，

魔法之下，哭泣着逃离。

我们欢欣，我们乐意，

我们服侍着统治我们的万物之主，

我们获得了自由！

（对着海因里希做手势。）

一、二、三，复活！

复活之后，重获自由！

海因里希：我怎么了？我从什么样的梦里一觉醒来？阳光从什么样的清晨射进敞开的窗户，使我拥有了一双金色的手？啊，早晨的空气！啊，苍天，这股在我身上涌动的力量，这股在我胸中灼烧的渴望，如果这些是你的意志，是你的意志的信号——那好，如果我真的重生，我会再一次投入生命的洪流，我会再一次许愿、努力、希望、冒险——创造，创造！

（妻子玛格达进来。）

玛格达，是你吗？

妻子玛格达：他醒过来了吗？

海因里希：嗯，是你吗，玛格达？

妻子玛格达：（喜出望外。）你感觉如何？

海因里希：（抑制住激动的心情。）感觉很好。嗯，确实不错。

我活着。我感觉，我将继续活下去。对，我感觉到这一点。

妻子玛格达：（忘我地，）活了，活过来啦！啊，海因里希，我最爱的人儿！

（劳登莱茵两眼发亮，站在一旁。）

第三幕

山中一个孤零零的玻璃工场，离雪沟不远。在舞台右侧，有天然的岩石用来替代墙壁，水从那里流出，经过陶土做成的管道流进一个天然的石头做成的水槽。在舞台左侧，旁边有一个可以移动的后墙，有冶铁用的锅炉，上面带有烟囱和风箱。左后方有一个像仓库大门一样的出口，透过那里能看到山上的景色：山峰、沼泽、茂密的枞树林，还有附近的悬崖峭壁。在工场的顶上有烟囱，右边有个由拱形的岩石构成的拱顶。

在工场外，树精拿了一个云杉树根到外面的木柴堆上，犹豫着走进来，环顾了一下四周。尼格曼从水槽里露出上半身来。

尼　格　曼：呼噜呼噜，快进来啊！

树　　　精：是你吗？

尼　格　曼：嗯。到处都是煤炭，还有杉树烧起来的浓烟，撒旦把这些都带走才好！

树　　　精：他们到底走了没？

尼　格　曼：谁啊？

树　　　精：就他们啊。

尼　格　曼：我想应该走了，不然他们就会待在这里的。

树　　精：我碰到那个可恶的家伙了……

尼　格　曼：哎!

树　　精：拿着锯和斧头的家伙。

尼　格　曼：他说了什么?

树　　精：他说你在这儿到处呼噜呼噜地乱叫。

尼　格　曼：让这家伙堵住自己的耳朵!

树　　精：他说你呼噜呼噜起来真是可怜兮兮的。

尼　格　曼：我要把他的头给拧下来!

树　　精：对!

尼　格　曼：他,还有另外一个……

树　　精：(笑。)该死的家伙!

　　　　　　涌进山中,挖开土地,建造房屋!
　　　　　　开掘矿藏,熔化钢铁,冶炼金属!
　　　　　　未曾咨询,就将山妖与树精绑在手推车上!
　　　　　　最美丽的精灵做了他的情妇,
　　　　　　而我等却只能远远羡慕!
　　　　　　她从我这里摘走鲜花,紫丁香般的水晶,
　　　　　　黄金,宝石,还有那琥珀做成的松脂。
　　　　　　她日夜为他服务,全心全意,尽已所能。
　　　　　　她日夜与他亲吻,对于我们,怒眼相向。
　　　　　　没有人能够与他相对抗。
　　　　　　参天古树,纷纷倒下,地面震动。
　　　　　　铁锤之下,山谷之间,日夜回响。
　　　　　　红色的炉火光芒散发,一直照到我最远的洞穴。
　　　　　　魔鬼才知道他在做什么!

尼　格　曼：呼噜呼噜！你当时要是狠下心，他会沉入水中，铸钟人和所铸的破钟就同时在水底腐烂。那钟变成我的色子筒，他的骨头也正好做我的色子。

树　　　精：痛快！我相信必定如此！

尼　格　曼：可事实非但如此，他还在这儿健康强壮地工作。铁锤声声，犹如敲打在我的骨髓之上。（哭泣。）他还为她制作了头饰、戒指和发夹，在她的肩膀、胸口和脸颊上打情骂俏。

树　　　精：凭着我这张山羊脸，我敢说，你真是疯啦！
居然去追求一个小姑娘，
一个老家伙竟还为此号啕大哭！
她现在根本不喜欢任何水里的东西。
要是他不喜欢你，那就放聪明些：
大海深邃不见底，世界漫长无边际。
去水里抓两个水妖，赶紧平静下来。
像个帕夏[1]那样乐滋滋地活着！
就是看到他们两个夜宿在同一张床上，
你也会泰然自若。

尼　格　曼：我要杀死他……

树　　　精：劳登莱茵对他可是非常着迷。

尼　格　曼：我要咬断他的咽喉……

树　　　精：你得不到她的！你又能做什么呢？老婆婆站在他那一边，根本不会理会你的抗议。他俩已经得到老

---

[1] 帕夏，伊斯兰教国家高级官吏的称呼。

> 婆婆格外的恩宠。倘若你还抱有希望，只好耐心等待。

尼格曼：混账话！

树　　精：时光不曾停留，而人，始终只是人。狂热终究是短暂的。

劳登莱茵：（人没有出现，边唱歌边走过来。）甲虫爬在树梢上，

噗嗤！噗嗤！

黑白色的外衣套在身上，

噗嗤！噗嗤！

（劳登莱茵出场。）

咦，你们竟然来拜访！晚上好！尼格曼叔叔，您帮我洗好了金子没？亲爱的山羊脚叔叔，您帮我搬过来树根没？瞧，我背了多少奇珍异宝，来回奔跑起来真辛苦啊。这是山里的水晶，这是钻石，这是一袋沙金，这还有个蜜蜂窝……天真热！

尼格曼：晚上会接着白天继续热下去。

劳登莱茵：也许吧，不过凉水都是你的地盘，赶紧下去凉快凉快吧。（树精大笑。尼格曼默默潜入水下，消失不见。）他漂来漂去，让人心烦！

树　　精：（还在笑。）坏家伙！

劳登莱茵：带子系在膝盖上太紧了，实在难受！

树　　精：要不，让我给你解开？

劳登莱茵：你真臭美！老树精，听我说，还是早点滚开吧！一身臭气和苍蝇都跟着你过来，就像云一样围着你。

树　　精：说真的，苍蝇围着我总比蝴蝶强。蝴蝶翅膀沾满泥

土飞过来围着你，满嘴都是，钻进头发里，到了晚上连胸口和臀部都是。

劳登莱茵：（大笑。）哈哈，我喜欢！

树　　精：你知道这是什么？把这个车轮给我吧。你从哪里弄来的？

劳登莱茵：你比我知道得清楚，你这个坏家伙！

树　　精：我要是不把装钟的车轮子给打断，那个高贵的老鹰也不会上你的圈套。你得好好感谢我才是，这样吧，就把它送给我以示报恩。用浸透树脂的绳子涂成厚厚的一层包起来，然后再点着，我把它从能找到的最陡的斜坡上推下去。这一定特有趣！

劳登莱茵：那整个村子就都着火了。

树　　精：对，献祭之火，赤红的风吹着赤红的火。

劳登莱茵：这可不行。你这个老树精，赶紧滚开！

树　　精：这么急？我现在就得走？你跟我说说，那个大师在干什么呢？

劳登莱茵：他在创造一个杰作。

树　　精：或许是个稀有之物。白天忙于工作，晚上就忙于接吻，我们早就知道铸钟的事了。高山欣羡山谷，山谷一样喜爱高山，这样杰作马上就诞生。不过就是一个杂种，一半是兽，一半是神，在地上荣耀满身，在天上却是受到嘲讽。小宝贝，来，到榛树林中！他能做的，我也可以，你跟他在一起没有任何光彩。反正你也生不出基督来。

劳登莱茵：你个禽兽，恶棍！要是你再向这个得恩典的人喷脏水，我就吹瞎你的眼睛。大师通宵努力，铁锤声声不断，正是为了解除你们身上的诅咒。不管你们知道与否，正是有这样的诅咒，你们，我们，大家全部都必须待在这里。你待在这也可以，但是无论如何，你都无能为力。大师的精神笼罩在四周。

树　　精：这和我有什么关系！替我问候你的丈夫，我早晚会去一次炉灶旁。（笑着离开。）

劳登莱茵：（停了一会儿。）我怎么了啊？闷热又难受。我得去附近的雪原上，雪洞里一定很清凉。融化的碧绿的雪水像冰一样冰凉，喝起来一定很清爽。刚才在上面的卵石上碰到一条蛇，它在硫磺绿的石头上晒太阳，咬了我一口，现在身上真难受。——脚步声！听！谁来了？

牧　　师：（穿着登山服，激动不已，累得喘不过气来，出现在门前。）理发师，这边！跟着我，爬到我这边就到了！——虽然非常不易，但是我确定就是这儿了。向前！为了上帝，我一定要办成这件事。作为一名善良的牧羊人，倘若我能成功地领回迷途的羔羊，这获得的报酬定比辛苦一下要高出百倍。现在勇敢前行！（他走进来。）这儿有人吗？（看到劳登莱茵。）哎呀，瞧，你在这儿！果然不出我所料！

劳登莱茵：（脸色苍白，怀有恶意。）您到这儿想干什么？

牧　　师：干什么，你马上就知道了。上帝为证！马上就好了，我先喘口气再说。汗水干了一点。孩子，我先问你，你是一个人吗？

劳登莱茵：你没必要问我！

牧　　师：瞧，那好！这也确实不坏。你现在就给我露出真实嘴脸了。这样倒好，给我省了不少事。你这个……

劳登莱茵：你这个凡人，小心点！

牧　　师：（双手合十向她走去。）你奈何不了我！我心地坚贞纯洁，什么也不害怕。给我的四肢以勇气让我敢爬到你的洞穴来的那个人，我感觉到他会与我并肩作战。你这个魔鬼的女儿，不要试图抵抗，也别耍花招！你引诱他到你这山里……

劳登莱茵：引诱谁？

牧　　师：引诱谁？当然是海因里希大师！不然还会是谁？你使用魔法，再故意用蜜一般甜的地狱之水引他上钩，让他向小狗一样听命于你。像他这样的男人，是一家之主，是世间的楷模，虔诚到骨子里。你这个魔鬼！你这个无耻的女人竟然将他俘获，把他卷进你的围裙里。你想去哪里，就把他拖到哪里去。这简直就是我们基督徒的巨大耻辱。

劳登莱茵：就算我是个强盗，也不会抢你的任何东西！

牧　　师：你说你不会从我这里抢东西？无耻！不仅从我这里，从他的妻子那里，还有他的孩子——你从全人类这儿把这个男人给抢走了！

劳登莱茵：（神色突变，得意扬扬。）你往那边看，瞧谁来啦！你没听到他那自由自在的均匀的脚步声吗？你那可怜的辱骂是不是也马上要变成欢呼赞美？你没看到他双眼光芒四射,就像光神巴尔德尔[1]一样?目睹眼前此景,你难道不想翩翩起舞?他脚下踩过的草儿都是欢天喜地的。国王走过来了。你这个乞丐还不高呼万岁?哎呀,大师,你好!

(她向着海因里希跑去,挽着他的胳膊。海因里希穿着雕塑家的工作服,手持铁锤出场。他和劳登莱茵手牵手,一步步走近,认出了牧师。)

海因里希:牧师,欢迎到这来!

牧　　师:令人敬爱的大师,您好!这如何可能!您现在站在此处,精力充沛,就像一个年轻的山毛榉,强壮又苗条,压根就不像最近曾躺在病床上的样子。那时您身体虚弱,面容憔悴,苍白得让人看不到希望。说真的,我觉得,是那至高无上的爱将全能的气息在瞬间吹进您的体内,帮助了您。这让您双腿从病床上跳起,犹如想跳舞的大卫[2]一样,击鼓来歌颂我们那天父基督。

海因里希:确实像您说的那样。

牧　　师:您简直就是个奇迹!

海因里希:就是这样。我也感觉到全身都出现了奇迹。走,亲爱的牧师!您应该来尝尝我们酿的葡萄酒。

牧　　师:谢谢,但现在不行,今天肯定不行。

海因里希:去把酒拿来。我跟您保证,那葡萄酒非常好。不过随你的便。请坐下吧。自从上次生病恢复身体以

1　巴尔德尔,北欧神话里掌管光明的神。
2　参见《圣经·旧约·撒母耳记》。

来，今晚这是第一次能够与牧师高高兴兴地见面。我也未曾预料到能在这个小小的工作坊里遇到您。其实对于我来说有双重的喜悦。我也明白，您有天职，也有力量和爱。我曾看见您握紧双拳，打破世俗的枷锁，逃离人世的职务，为上帝服务。

牧　　师：哎呀，感谢上帝！我感觉，您仍是以前的那个您。人们都说错了，他们到处都说您变了，早已不是以前的那个海因里希了。

海因里希：我跟以前一样，不过我也是另外一个我了。"打开窗户，让光和上帝都进来！"

牧　　师：这句箴言真好。

海因里希：这是我知道的最好的箴言。

牧　　师：我知道更好的，但是这句也不错。

海因里希：要是您愿意，就伸过手来，我以雄鸡、天鹅和马头为誓！我衷心将您视为好友，向您敞开通往心灵的春天的大门。

牧　　师：放心去做！您时常做这样的事情，而且您也充分了解我这个人。

海因里希：我当然很了解您。要是我不了解您的话，坐在这里的是一个卑鄙的人，戴着朋友的面具，贪得无厌地利用我慷慨激昂的情绪……反正，黄金就是黄金！即使放在到处都是诽谤的垃圾堆里，黄金依旧不会消失。

牧　　师：大师，您再跟我说一下，您刚才那个奇特的誓言是什么意思？

海 因 里 希：雄鸡和天鹅？

牧　　　师：对，我觉得，好像还有马头？

海 因 里 希：为什么想起这个使用这个词，我也不清楚。也许是看到在您那教堂顶上迎着阳光的风信鸡，邻居卡尔格家山墙上的马头，天鹅或许是因为在蓝天上展翅高飞吧。或许是由其他东西才想起的，不过这都无所谓。正好酒来了。现在，以最诚挚的祝福祝您健康，为我，为您，为我们大家，干杯！

牧　　　师：实在太感谢您了，我也只能以此回祝您：祝您这个大病刚愈的人更加健康。

海 因 里 希：（来回走动）我痊愈了，我重生了！我浑身都能感觉到这一点。我的胸膛充满力量，一呼一吸之间都是快快乐乐的，我感觉好似那五月的力量直入我的心底。这胳膊似钢铁般坚强，而双手则是像鹰爪一般，在空中双手张开又不耐烦地合上，我感觉到创造的欲望。您看到了我那花园里的圣物吗？

牧　　　师：您指的是？

海 因 里 希：那边，另外一个奇迹。瞧！

牧　　　师：我啥也看不到啊。

海 因 里 希：我说的是那棵树，那棵树就像正在开花的晚霞，因为丰饶之神弗雷降落在那上面。倘若你站于树旁，蜜蜂快乐的叫声就会流进你的心底。不计其数的蜜蜂围在花朵周围嗡嗡叫着，纵情享受那鲜花的芳香与美丽。我感觉自己就像那棵树一样。就像丰饶之神降落在树梢上，它也降落在我的灵魂里。灵魂被

　　　　　击打之后就像花朵一样在燃烧。要是蜜蜂渴望花朵，那就来吧——

牧　　　师：继续，继续说！我喜欢听您这样说。您和您那开花的树，你们都以此为荣。不过是否开花结果，一切都要看万能的天主。

海因里希：朋友，确实如此。倘若万能的天主不赐予我们，又有什么东西存在呢？他把我扔进20吋深的山谷，又把我救起，让我站在这里如盛开的鲜花。鲜花、果实和一切的一切皆为上帝所有。那就祈求他，赐福于夏天吧。在我身上不断成长的是有重要意义的东西，它不断地成长，繁茂，成熟。我跟您说，这是真的！这是一部作品，我未曾意料到会出现的一部作品。它是最贵重的金属做成的组钟，是一个自鸣钟。这就像如果我用手掌抵住耳朵来倾听贝壳，就能听到那海浪声。如果我闭上眼睛，那纯粹的图像就会以一个又一个的形状清晰地显现出来。瞧！以前您称我为大师，认为我幸福，我是以难以名状的痛苦接受这一称赞的。我以前既不是大师，也不曾幸福。而现在，我二者都得到了，我既是大师，又感觉幸福！！

牧　　　师：人们称您为大师，我也挺高兴的。可是奇怪的是您自己称自己为大师。您现在在为哪个教堂铸钟呢？

海因里希：不为任何教堂。

牧　　　师：那又是谁请你铸钟呢？

海因里希：向命令那边的枞树巍然屹立在悬崖边上的那个人！

老实说，您建的那个教堂已经一半倒塌，一半被烧毁。所以我想把新基座放在高处——新教堂的新基座。

牧　　　师：哎，大师，大师！我不想跟您争论这个了。首先，我相信我们之间有些误解了。干脆点说，我觉得您这个新作品花费太多……

海因里希：对，花费不少。

牧　　　师：这样的一个自鸣钟……

海因里希：要是您喜欢，就这么叫。

牧　　　师：我觉得，您刚才也是这么叫的。

海因里希：我是这么叫的，它自己必定也会叫这个名字，而且这也是独一无二的名字。

牧　　　师：我想知道的是，您这铸钟的费用出自何处？

海因里希：谁来付费？哦，牧师啊，牧师！您会给幸福以幸福、给报酬以报酬吗？不管怎么样，就像我那样，把这钟称为自鸣钟吧。但是这个钟从不曾挂在任何的一座大教堂的钟楼里。它的声音的力量如春雷一般，爆发起来将会响彻整个山间牧场。在它那电闪雷鸣般的声音的威力之下，所有教堂的钟声将黯然失色，它将会用响亮的欢呼声通告全世界光明的重新到来！

太阳啊，你是万物之母！你的孩子和我的孩子，都是受到你的哺乳才长大的。由于你那滋润万物温暖的雨水所形成的永恒的水流，才把他们从褐色的土地上带出来，让他们健康成长。他们以后一定会对着你那纯粹的运行轨道发出欢呼和赞叹，声音必将响彻云霄。最后，就像绿色草地终将温和地覆盖这灰突突的大地一样，你把我点燃，为你献祭。我愿意为你献出这一切！啊，有阳光的日子——那时从花儿做的教堂的大理石厅堂里，第一次发出了雷鸣般的钟声。那时从漫漫长冬压在我们身上的乌云里，宝石像冰雹一样哗啦啦地落下来，无数人伸出僵硬的双手抓取宝石，但是马上又被宝石的魔力灼烧，于是便把财宝纷纷拿回家。他们会拿起丝织的旗子，他们一直期待着，——要多久？那时他们会作为太阳的朝圣者，以朝拜来参加庆典！

牧师啊，这是个伟大的庆典！——您知道那个浪子的比喻，正是太阳母亲把这个比喻送给了迷途的孩子们。人群都为在风中飘舞发出沙沙声的丝旗感到吃惊，走进了我的神殿。这时我的神奇的自鸣钟将会响起，不断发出柔美、更加柔美的具有吸引力的声音。每个人的心中都有着喜悦，但又夹杂着感伤，不禁流下眼泪。它唱出的是早已失传为人们所遗忘的歌，是家乡的歌，是对孩子爱的歌。这些歌都是从童话之泉的最深处发掘出来的，每个人似乎都很熟悉，但又从未听过。随着歌声逐渐高昂起来，时而轻快，时而让人紧张，时而像夜莺痛苦地鸣叫，时而像鸽子在大笑，——突然每个人胸中的寒冰都破碎开来，憎恨、恼怒、痛苦与忧苦都会为热泪。于是我们来到十字架旁，满眼泪水，欢呼起来。这时，已经死去的救世主借着太阳的力量获得拯救，开始活动身躯。他发出永恒的青春的光芒，像一个年轻人笑着走进五月的春天。

（海因里希愈说愈激动，最后乃至心醉神迷，此刻他不停地走来走去。劳登莱茵满眼含泪，因陶醉于爱情之中而浑身震颤。她滑靠在他身上，亲吻着他的双手。牧师听着，脸色慢慢沉下来，最后他还是克制住自己的情绪。过了一会儿，牧师强迫自己平静下来，开始说话，但随即就平静不下来了。）

牧　　　师：亲爱的大师，我现在已经听您说完了。教区值得尊敬的人都对您的状况忧心忡忡，所以来找我，我现在发现果真没错。甚至连自鸣钟这样的传说都是真的。我实在难过得说不出话来。把您那洋洋洒洒一席高谈阔论暂且搁置一旁不谈，我来这儿，我站到这里，根本不是因为我被您的所谓奇迹吸引，而是希望拯救您这个处于困境之人。

海因里希：处于困境？我处于什么困境？

牧　　　师：迷途的羔羊！赶紧醒过来吧！您在做梦……极度可怕的梦！梦后醒来的您面临的是永远的痛苦……如果不能用上帝的话语将您唤醒，您将会毁灭——海因里希大师，永远毁灭啊！

海因里希：我可不这么想。

牧　　　师：《圣经》里怎么说？"上帝将使要毁灭的人瞎眼。"[1]

---

[1] 参见《圣经·旧约·申命记》第28章。

海因里希：假若这真是上帝的决定，您也无法阻止。此刻的我，浑身充溢着颂歌般的纯洁圣灵，我仿佛躺在早晨的云彩上，以挣脱束缚而获得自由的目光来汲取遥远的天外力量。倘若我现在说自己眼睛瞎了，我才应该被上帝的愤怒打入永恒的黑暗之中呢。

牧　　师：海因里希大师，您飘在云彩里，对于我来说，实在是高不可及。我只是一个生在地上的普通人，对于高高在上的东西我一无所知。但是有一点我却知道您不懂，那就是何为正，何为邪，何为善，何为恶。

海因里希：伊甸园里的亚当也不懂啊。

牧　　师：这不过是俏皮话，没有任何意义。您不能用这个来掩饰你的走火入魔。我非常遗憾，我原不想提及此话，您有一个妻子，还有几个孩子……

海因里希：还有吗？

牧　　师：您不去教堂，隐居山中，连续几个月都没有回过家。家里的妻子非常想念您，而孩子们因看到了母亲的泪水而饮泣。

海因里希：（沉默良久，激动地说，）我何曾不想擦干那些眼泪，可是我做不到啊！在烦恼的时候，我思前想后，清楚地认识到，我根本无法减轻她的痛苦。我这个为爱所浸透的人，在爱河里重生的人，虽然财富充盈，但却不能注满她那个空杯子。我的美酒对于她来说却是酸醋、苦胆和毒液。一个人的双手变成了鹰爪，又怎能抚摸生病的儿童潮湿的脸颊呢？

上帝帮我！

牧　　　师：对此我只能说这是疯狂，这是极度的疯狂！对，这就是我要说的。大师，我站在这里，惊呆于您心肠的可怕至极的冷酷。在这儿，魔鬼竟成功地扮作上帝的嘴脸……嗯，我必须这么说，魔鬼打败了您。您说作品是上帝赐福，简直是胡说八道……您难道不明白，那是异教徒脑袋里想出来的最可怕的鬼主意！要是我看到你为魔王巴尔[1]、莫罗赫[2]建造的神庙竣工了，我宁愿祈祷上帝惩罚埃及人的灾难降临到我们基督世界上。醒醒吧，赶紧回来，坚持基督的信仰！一切都还来得及。赶走这个女妖！将这个魔女驱除出去！把这个妖女，还有该死的幽灵都赶出去！只要一下子所有的鬼怪都会消失殆尽，而您将得救。

海因里希：当我高烧躺在地上奄奄一息之时，是她来到我的身边，将我扶起，治好了我的病痛。

牧　　　师：与其这样痊愈，倒不如干脆死去！

海因里希：您爱怎么想，就怎么想。反正我已经重生！我要活下去。在死亡之神取走我的性命之前，我都会一直为此感谢她。

牧　　　师：好了，是该结束了，您已经在邪恶中陷到脖子上了。那地狱装扮成天堂，已经牢牢抓住你。我不想

---

[1] 巴尔（Baal），是古代腓尼基人信奉的太阳神。
[2] 莫罗赫（Moloch），是古代腓尼基人信奉的火神，以儿童为献祭品。

再多讲了,不过您要知道,自古及今,女巫和异教徒都是要受火刑的惩罚的。"人民的声音就是上帝的声音"!你这异教徒的行动,虽然是秘密进行,但是终难瞒过我们的法眼,它会给您带来恐惧,也会带来对您的痛恨。人们的愤怒将无法再克制,您威胁到他们最神圣的东西,他们将结队自卫,攻占您的工场,毫不留情地摧毁它。

海因里希:(沉默了一会儿,镇定地,)嗯,您听我说,我不会怕你们的!我端着装满清凉的葡萄酒的水壶,来到了一个口渴的旅人跟前,他却把我手里的水壶和杯子全打碎了。那只能说,虽然他口渴得要命,但他乐意如此,或者这就是他的命运,而我对此并不负责。我已喝够,不会感觉口渴。要是碰巧明明是欺骗自己的人以盲目的憎恨来对我这个无辜的送酒人发怒,气冲冲地将黑暗的淤泥扔向我的灵魂之光来玷污我,我仍是我!我知道我想要什么,我知道我能够做什么。我以往已经打碎了一些钟,现在我要再一次抡起铁锤,以大师的一击奋力打去,将那些群氓出于傲慢、恶毒、愤怒及一切卑劣的技法铸成的钟统统砸碎!那些钟就只能发出愚蠢的声音。

牧　　师:那你走你的路吧!再见,我该走了。没有人能铲除你那罪恶的野草。愿上帝可怜你!最后送你一句话。就一个词:后悔!将来会有那么一天,当你在梦中时,有一支箭会射进你的心灵的最深处,那时你会求生不能，求死不得，你会诅咒你自己，诅咒世界，诅咒上帝，诅咒你的作品，诅咒这一切！那时……那时再想想我的话。

海因里希：牧师，我要是想描绘恐怖的幻象的话，肯定比你要好。你在这里疯言疯语的事，根本不可能发生。对于你说的那个箭，我已充分武装来抵御它。它连我的皮毛都伤不到，就好像那口钟再也不会响起一样！你知道，那口钟一直渴望深渊，最后就落下来，静静地躺在湖底。

牧　　师：大师，它会再次响起！记着我的话！

第四幕

　　如同第三幕一样，都是在玻璃工场内。在右侧的岩石壁上凿开了一个门，可以通往山上的洞中。在房间的左侧有一个敞开的锻铁的炉灶，炉灶旁有风箱和烟囱，里面炉火正旺。在炉灶不远处有个铁砧。

　　海因里希手持火钳，紧紧压住铁砧上的一块烧得通红的铁。六个小矮人穿着矿工的服装，站在他身旁。第一个小矮人和海因里希一起拿着火钳。第二个小矮人抡起大锻锤敲打在烧红的铁块上。第三个小矮人在用风箱煽火。第四个小矮人一动也不动，聚精会神地看着干活。第五个小矮人站在一旁，似有所待，他手持一个木棒，好像准备敲打过去。第六个小矮人头戴花冠，闪闪发亮，他坐在一个个高高的宝座上。一些锻成的铁片和铸件散落一地，此外还有各种建筑用具和图案材料。

海因里希：快打，不要停！你们这群懒猪，哼哼唧唧可没用。要是你们没完成规定的数额，我就把你们的胡子放到炉火上烧烤。

（第二个小矮人扔掉锤子。）

你敢这样！等着，臭小子，你给我等着！我可不是开玩笑。

（海因里希将那个不停走动大喊大叫的小矮人放在炉火上。风箱旁的小矮人更卖力地干起活来。）

第一个小矮人：我实在不行了！大师，我手僵掉了！

海因里希：我马上过来。（对第二个小矮人，）你这个家伙现在精神恢复了吧？

（第二个小矮人开心地使劲点头，抡起铁锤不停锤打他能锤打的东西。）

该死！必得让你们懂得规矩。

（他又抓住火钳。）

要是天天跟这样的家伙在一起弄这些杂七杂八的事，任何一个马掌匠都打不出马掌。一锤下去就得考虑好，否则没机会重来。更何况，要完成令世人赞叹的杰作，就需要劳动技巧和信念。打呀，打铁要趁热，冷却了就完蛋。喂，你在干什么？

第一个小矮人：（一心想着用手来给发烫的铁块塑形。）我在用手做模型来着。

海因里希：你真是个不知天高地厚的家伙！你想把手烧成灰吗？要是你不能再给我干活了，我一个人怎么办？你这个维兰特[1]之子！若无你助力，我如何能建起高耸入云的钟塔？我要把钟放在那里面，让柱顶高高地挺立在那人烟稀少自由自在的空气之中，这样才能更接近太阳！

第一个小矮人：模型好了，手也完好无缺，只是有点疲惫，也没劲。就这样了。

海因里希：赶紧去水边！让尼格曼用水藻给你的手指头降降温。

（对第二个小矮人，）

懒货，休息去吧！该休息的时候就好好享受一下。我要立刻就去看看作品，享受大师的成果。

（他拿起刚刚冶炼好的铁块，坐下来细细观看。）

真是太好了！成果不错，上帝的力量为我们加冕。我想我很满意，在杂七杂八没有形状的事物里创造了有形的东西，在我们这个时候需要的宝石都是从混沌一片中炼成的。上面不错，下面也合适，正好可以把它嵌入在这个不完美的整体上。你在嘀咕什么呢？

（第四个小矮人爬到椅子上，对海因里希低声耳语。）你这个鬼东西，给我安静一会儿！要不然的话，我就把你的手和脚捆一起，把你嘴堵上……

（小矮人逃走。）

---

[1] 维兰特，日耳曼民族传说中的铁匠。

这部分究竟什么东西与整体不协调？究竟有什么东西让你不满意？别人问你话，你就得回答！我从未像此刻这样幸福，手和心也不曾如此亲密无间。你在那吹毛求疵什么？难道我不才是大师吗？你胆敢如此狂妄？过来！给我说清楚，你到底什么意思！

（小矮人又回来，对他低声耳语。海因里希脸色变得苍白，叹了一口气，站起来气冲冲地把做好的东西又放在铁砧上。）

那就让撒旦去完成这个作品吧！我去种土豆，种芜菁，去吃，去喝，睡觉，然后去死。

（第五个小矮人朝着铁砧走过来。）

你不要过来，别去摸它！你脸色青紫，头发绷紧，双眼斜视，又能奈我何？你这个杀人犯，谁臣服于你，他便无法低身下来将你紧紧抓起，到最后也只剩下一条路可走，低下头来，等待你的木棒的慈悲的一击。

（第五个小矮人肆意打碎铁砧上已经定形的铁块。海因里希气得咬牙切齿。）

打吧！这有什么关系！反正现在已经收工了。把一切重担都丢开吧。走吧，小矮人们！只要明天有新的力量给我干活，我希望这就够了，明天我会叫你们的。走吧！不是神赐的力量对我也没有用。在风箱旁边的那个小矮人，你今天就是再煽火也炼不成新的铁块。走吧！

（除了头戴花冠的小矮人外，其余的都从岩石门口消失。）

喂，你，就是戴花冠的，只说过一次话的那位，你站在那儿等什么呢？你也走吧！你今天不讲话，明天也不会讲话，——天知道你究竟什么时候才讲话！

（戴花冠的小矮人消失了。）

全结束了！……这一切全结束了，现在是什么时候了？我累了，累了……黄昏降临了，黄昏啊，我不喜欢你，你挤在白昼与夜晚之间，这也不是，那也不是。你从我手里夺去铁锤，却不曾将安睡带给我，要知道，只有安睡才是休息的真正意义所在。一个内心焦急的灵魂，也只知道必须等待，无力地等待——痛苦地等待新的一天的降临。太阳把所有的紫色包裹在身上，沉入山谷深处。它把我们独自留在此处，早已习惯了阳光的我们，此刻却只能无助地颤抖——我们浑身一无所有，必须投入夜的怀抱之中。白天我们是国王，夜晚却是乞丐，裹着破衣烂衫进入梦乡。

（海因里希伸展躯体，躺在床上，双眼睁着入梦。一阵白色的雾从敞开的门口飘进来。雾散之后，人们可以看到尼格曼坐在水槽边上。）

尼　格　曼：呼噜呼噜！这个所谓的大师不过是个凡夫俗子，在茅屋里睡觉，什么也听不见，什么也看不到！驼背的幽灵爬上灰色的多云的山上，时而无声地就像举起拳头在威胁着什么，时而却又像伤心地在绞着双手。他全都不知道！他听不到弯弯曲曲的枞树在叹息。其中一棵最老的杉树的针叶在颤抖，它用自己的树枝敲打自己，就如同受惊的母鸡展翅一般，发出轻微的精灵般可怕的呼呼声，但这他也听不见。他冷得发抖，看来冬日的寒冷已深入他的骨髓之中。他就是在睡梦中还不停地进行他的日间工作。停下来吧！你的努力不过是徒劳，因为你在与上帝对抗！上帝唤醒你跟他对抗，他抛弃了你，因为你已虚弱不堪！

（海因里希一边呻吟着，一边翻动着躯体。）

你的献祭牺牲亦是徒劳：罪永远是罪！即使再强求，你也无法得到上帝的恩典，把罪过变成功劳，惩罚变成奖赏。你浑身都是污点，衣服上沾满了血迹。洗衣女可以洗掉血迹，但你无论如何叫她，她都不会过来。黑色的精灵们在山谷和底下，已经准备好做野蛮的猎取活动。猎犬的吠声不久就会撕破你的耳朵——它知道猎物所在之处。大雾在明朗的天空中用幽暗的乌云筑起了城堡，还有吓人的高塔和巨大的墙壁，这一切都慢慢地朝着你所在的山上推进，最终会把你和你的杰作，把这一切都给压毁掉！

海因里希：魔鬼在折磨我！劳登莱茵，快来救我！

尼格曼：她听到你喊叫会过来，但这依然帮不了你！就算她是爱神弗莱娅，你自己是光神巴尔德尔，你的箭筒里装满太阳之箭，射出的每一支箭都例无虚发，你最终仍是失败！且听我言：

在深深的湖底，

在石块与石块之间，

钟静静地躺在那里。

她依旧渴望高处，

那里的天空光芒四射。

鱼儿在水里游来游去……

而我那最年轻的绿发女儿，

畏畏缩缩，只敢远远地环绕着她——

有时，痛苦、忧伤，以致哭泣，

因为那口破旧的钟嘴里尽是血，

发出的声音含含糊糊，奇奇怪怪。

她摇动，她放松，她想从地上站起来。

唉，你啊！待到她的声音再次入你的双耳之时！

当！当！

上帝把你从梦中拯救！

当！当！

钟声沉重得令人害怕，

犹如死神就在那钟里！

当！当！

上帝把你从梦中拯救！

（尼格曼潜入井里。）

海因里希：救命啊！救命啊！梦魇困住了我！救命！（醒过来。）我这是在哪儿——究竟在哪儿？（他揉了揉眼睛，四周瞧了瞧。）这儿有人吗？

劳登莱茵：（从门口出现。）我在这儿！你叫我吗？

海因里希：嗯，过来！到我这儿来！把手放我额头上——对，就这样。我必须感觉到你的头发、你的心……我必须感觉到你。过来！嗯，就这么近！你带来了森林里的清新空气和迷迭香的味道！吻我！吻我！

劳登莱茵：亲爱的，你怎么了？

海因里希：没事……我也不知道怎么了。我躺在这里，浑身发冷——给我一条棉被。我感觉浑身疲惫，没有力量，心脏也在衰弱。黑暗的力量闯进我这里，我成为了他们的牺牲品，他们折磨我，还掐住了我的喉咙……不过现在又都好了，孩子，一切都好了，现在我又有把握了。让他们来吧！

劳登莱茵：谁啊？

海因里希：敌人！

劳登莱茵：什么敌人？

海因里希：所有的那些没有名姓的敌人！我现在站稳了脚跟，就算他们在我睡着时像胆小鬼一样偷偷溜进来，我也不怕！

劳登莱茵：海因里希，你发烧了！

海因里希：是有点凉。不过没关系。抱着我，搂紧我！

劳登莱茵：哦，亲爱的！最亲爱的！

海因里希：孩子，你只要回答我，你相信我吗？

劳登莱茵：你是光明之神巴尔德尔，你是太阳英雄！你这个苍白的人儿！我要吻你那白色的眉毛，那隆起在纯粹的蓝色眼睛上面的白色的眉毛！（暂停。）

海因里希：真的吗？我果真是这样吗？我真的像光明之神？你让我相信确实如此，你让我知道就是这样！你给我的灵魂以崇高的迷狂，在工作的时候正需要的那种迷狂！因为就像是手里必须拿着钳子和锤子辛苦地工作，割开大理石，使用凿子，有时这也失败，那也没做好，汗水依然会浸入最细小的东西之中，人们时常会因此失去信念，找不到这种迷狂。胸襟有时会变窄，目光变得虚弱，心中本来有的清晰模板也会消失。倘若迷狂消失，信仰也会随之而去。我们站在这儿，仿佛受到欺骗，被引诱摆脱成功完成一部作品所需要的艰辛与痛苦。在受到诸神赐福的开心的日子里，发出胜利的欢呼，那些艰辛与痛苦都视而不见。够了，——一缕轻烟笔直地从我的献祭中向天空飘去。如果上帝之手想从上面压住它，那肯定可以做到。之后牧师的衣袍会从我的肩上滑落，不是我自己将之取下。我以前被放置在无人去过的高处，我必须一言不发平静地从西奈山上走下来。现在拿火把来，点起灯！给我看看你的本事，小精灵！把你的酒给我。我们像普通人习惯的那样，鼓起勇气去抓住那易逝的幸福。我们有充分理由要努力生活来充实我们的清闲时光，而不能像一般人那样糊里糊涂，浪费时光。音乐响起来！

劳登莱茵：我在山间飞舞，时而像蜘蛛网一样在风中飘动，时而像山蜂一样飞来飞去，有时也如蝴蝶一般在花蕾之间翩翩起舞。每一种植物，无论是花还是草、苔藓、捕蝇草、银莲花、风铃草等，总之，我以这一切为誓，他们必须保证，都不能伤害你。所以不管黑色的精灵们如何敌视你，敌视你这个无罪的人，敌视你这个善良的人，他们就算是磨砺那死亡之箭，也不过是徒劳而已！

海因里希：死亡之箭？什么样的死亡之箭？我认识那个幽灵——我知道，幽灵穿着牧师的衣袍来到我的跟前，他举起双手，对我威胁，还说起那支箭，说那箭终会深深地射进我的心脏的下面。究竟是谁拉开弓，又射出那箭？谁？

劳登莱茵：谁也没有，亲爱的！谁也没有！你被魔法保护，谁也伤害不了你。现在你只需要用眼睛示意，只要点头即可，——柔和的音乐就会如袅袅炊烟一般升起，就像敲起来有声的墙壁一样包围着你，人类的喊叫、吊钟的鸣响，还是那怀着阴险狡诈的计谋的魔鬼都不能穿透这一层。只要你用手给我一个哪怕最小的信号，岩石构成的宽敞的大厅就会高高耸起。那些地上的小精灵们就会成群结队地围着我们嗡嗡叫,摆好餐桌,装饰好墙壁与地板……要是那些野蛮的幽灵继续追赶着我们,那就逃进地下去,他们的气息虽然冰冷,但是吹不到那儿。在大厅里,成千上万只蜡烛闪闪发光……

海因里希:孩子,现在就算了吧!我在等待着这样的节日庆典,我的作品像废墟一样在安静地等待着那个时刻,欢呼声响起,像世人宣告庆典的到来!我好想再去看看我的建筑,严实的枷锁像铁一样把我紧紧系在上面。拿起火炬,走在前面给我照明吧!马上走!这时候那些不知名的敌人一定正在忙着,正如我感觉到的那样,有东西在不停地啃建筑的地基,作为大师,此刻应该行动,而不能沉迷享乐。因为辛苦努力的成果完成的时候,隐藏的奇迹就会在青铜、石头、黄金和象牙里展现于世间,所有的声音都会完全表现出来。它将以胜利的姿态永存下去!而不完美的作品则伴随着诅咒。在我这里,诅咒毫无力量只能当作笑料。它应该受到嘲笑!

(他站在门口,想走开。)

孩子,你怎么了?一起来,别站着不走。我知道,我刚才让你难过了。

劳登莱茵:没有,没有!

海因里希:你想什么呢?

劳登莱茵:什么也没想!

海 因 里 希：唉，可怜的孩子，我明白了你所以伤心。小孩子的性格就是用双手抓住色彩斑斓的蝴蝶，然后笑着将它们弄死，但实际上却又非常喜欢它们。不过我比那些蝴蝶要强些。

劳登莱茵：那我呢？我不也比这样的孩子强些？

海 因 里 希：当然喽，你肯定比他们强多了。要是我把这一点也忘了，我就连我存在的价值与光辉都给忘了。来吧！你双眸闪耀着微光，在光照之下晶莹剔透一如早春的露水，我已看到我给你带来的忧伤。不是我，而是我的嘴巴让你黯然心伤。我的内心只有对你的爱，除此之外别无它物。来吧，别哭！是你给了我力量去实现人生新的征程，是你把我从双手空空变成黄金满满，这样我才敢于与诸神一起一决雌雄。我感觉到你给我带来的东西是如此丰盈，你以神秘莫测的美引导着我，我为你那美所陶醉，想抓住她，却又无法抓住。我感觉我离痛苦是那么近，与幸福却也是比邻而居。来，你走前面，给我照路！

树　　　精：（从外面喊。）来吧！快上来！撒旦啊，你们还犹豫什么！该死的教堂必须化成灰烬！来吧，牧师！过来，理发师！这儿有稻草，有沥青，还有一束束捆好的树枝。海因里希大师正躺在床上，和那个魔女接吻，他什么也不想！

海 因 里 希：你这个蠢猪，你大概是疯了！你在这雾蒙蒙的黑夜里大呼小叫什么？你给我小心点！

树　　　精：小心你?

海因里希：对！你这个长着山羊脚的鬼东西，我早晚都把你的胡子给拔掉，我知道怎么对付你这种东西！让你瞧瞧究竟谁是铸钟大师，我准把你训得服服帖帖，给你的胡子剪掉，让你换个模样。不管是山羊还是大肚皮都得给我干活。你还乱叫不？这儿有铁砧，那边的锤子也非常坚硬，足够把你给敲个稀烂！

树　　　精：（背朝海因里希。）好，那过来打吧！以前就有一些狂妄自大者拿着所谓信仰之剑向我劈来，不过就是给我挠痒而已，而且剑都碎掉了。你的铁打在我这个铁砧上，就跟打在黏土上一样，结果就跟碎牛肉末差不多，还弄得你满身都是！

海因里希：你给我记住，你这个该死的浑身长瘤的鬼东西！就算你跟威斯特森林一样老态龙钟，你的力量跟你的嘴巴一样大，我也会给你用链子锁起来，让你去汲水，打扫房间和搬石头。要是你偷懒，准给你一棍！

劳登莱茵：海因里希，他刚才威胁你！

树　　　精：太有意思了！你们继续折腾吧！等会就又好戏看喽！当他们像小牛犊一样把你拉到柴堆上时，我会出现在那儿，但是是用桶拉过来硫磺、油和沥青。一个火把已为你准备停当，那最明亮的天空会被浓烟笼罩得一团漆黑！（下。）

（谷底传过来沸沸扬扬的喧闹声和喊叫声。）

劳登莱茵：海因里希，你听到了吗？是人，是人的声音！太可怕的声音！他们喊的是你！

（一块石头飞过来，击中劳登莱茵。）

婆婆，救我！

海因里希：哎，原来是这么回事？我曾做梦，一群猎犬追赶我。现在我听到猎犬的声音了，但是它们追不到我。不过，这群猎犬吠得正是时候。即使天使降临，手持百合，用甜美的声音请求我，让我坚持不要理睬，我也不愿意。那些可恶的狗吠声倒是更让我坚信自己行为的纯粹价值与力量。来吧！我保护的正是你们的东西。我跟你们对抗正是保护你们！这就是我的口号。（下。）

劳登莱茵：（独自在那里大声求救。）森林里的婆婆，救命！

尼格曼，快去救他！

（尼格曼上来。）

啊，亲爱的尼格曼，我求你，赶快从山崖上放水冲散那群猎犬，冲下去！把它们赶回家去！快呀！

尼　格　曼：呼噜呼噜！我该做什么？

劳登莱茵：用洪水把它们冲进深谷！

尼　格　曼：我不能这样做！

劳登莱茵：尼格曼，快啊！你可以的！

尼　格　曼：呃，我要是这么做，又能有什么好处？这个大师让我厌恶，他竟然想居于神和人之上！这群傻瓜要把他给干掉，正合我意。

劳登莱茵：赶紧去救他，不然就来不及啦！

尼格曼：你给我什么好处？

劳登莱茵：我给你好处？

尼格曼：对！

劳登莱茵：你说你想要什么。

尼格曼：我就要你！呼噜呼噜！从你那栗色的身体上脱掉红鞋子、裙子，还有胸衣，赤裸裸地来到我这儿，我把你带到离这儿千里之外的地方。

劳登莱茵：哼！你看看，他做得多棒！我这次要跟你彻底说明白，把你的非分之想从你那水脑袋里给挤出去。不管你多老，即使比森林里的婆婆老三倍，就算你把我一直放在一个牡蛎壳里，我都不会顺从你！

尼格曼：嗨，那他就等死吧！

劳登莱茵：你瞎说！我知道你在瞎说！你听听他的声音！声音非常老练，你们都知道！你以为我看不到你吓得发抖吗？

（尼格曼下，海因里希又回过来。他因战斗而激情澎湃，发出胜利的狂笑。）

海因里希：他们像狗一样袭击我，我扔下火把也像赶狗一样把他们击退！我把花岗岩和石头扔下去，没砸着的人都逃开了。给我喝一口！战斗让人神清气爽，胜利让人坚强无比。热血在胸中滚滚流动，全身的脉搏都在兴高采烈地跳动着。战斗绝不会让人疲惫。战斗给了我十倍的力量，让爱与恨都恢复活力!

劳登莱茵：海因里希，喝吧!

海因里希：好的，孩子，端过来。我又感觉口渴了，我渴望美酒，渴望光明，渴望爱，渴望你!（他喝下。）你这个像风一样轻盈的精灵，我要偷偷告诉你，等喝完这杯酒我要跟你重新共结连理。对于一个创造者，他若与你劳燕分飞，必定枯竭而死，终难克服这沉重的大地。孩子，你是我灵魂的翅膀，不要扯破它!

劳登莱茵：要是你不把我扯破……

海因里希：绝不可能! 听，音乐!

劳登莱茵：过来，都过来!

小矮人们，从山谷、洞穴、裂缝中出来吧!
我们一起庆祝胜利!
弹奏乐器! 笛子，还有小提琴!
（音乐响起。）
奏乐吧! 我要跳舞，扭动身躯，弯下腰来。
萤火虫发着淡绿的微光，来回飞舞，
我把你放在我的鬈发上，
就像插上闪亮的发夹，
弗莱娅的头饰再不需要……

海因里希：安静! 我……

劳登莱茵：怎么了?

海因里希：你没听到什么吗?

劳登莱茵：我听到什么?

海因里希：什么也没有。

劳登莱茵：亲爱的，怎么了？

海因里希：我不知道。在你那醉人的歌声里夹杂着一种音调……另外一种声音……

劳登莱茵：什么样的声音？

海因里希：哀怨声……深埋许久的哀怨声……就这样，没什么。到我这儿来，把你那嘴唇上深红的杯子给我，喝啊，喝啊，却总也喝不尽。把那让人迷醉的杯子给我，让我就这样过下去！

（他们相互亲吻，陶醉其中，良久。之后他们向门口走去，紧贴着彼此，逐渐被山间壮丽的景色吸引住。）

空间是何等宽广，一直冷漠地向深谷蔓延，那里是人类居住的地方。我是人。孩子，你能理解吗？那下面于我来说是故乡，却也是异乡。这上面于我来说也既是故乡，又是异乡……你能明白吗？

劳登莱茵：（轻声地，）我明白。

海因里希：孩子，你目光很奇怪，跟说话时一样。

劳登莱茵：我怕。

海因里希：怕什么？

劳登莱茵：怕什么？我也不知道。

海因里希：没事。来吧，我们去休息吧。

（在他领她往石门口去时，突然停下脚步，又往回看。）

月亮高悬在天上，脸色苍白，双眼凝视着大地，她没有把宁静的光芒倾泻在一切事物上。她没有清晰地照亮我所来的尘世！灰色的大雾笼罩着一切，我看不清……听！——没什么。——孩子，你真没听到什么吗？

劳 登 莱 茵：没有！什么也没有！——你说的是什么，我实在搞不懂。

海 因 里 希：你真的什么也没听见？

劳 登 莱 茵：我该听到什么？我听见秋风拂过原野上的草地，听见飞翔的老鹰的叫声，还听见你用遥远的陌生的口音奇快地说着奇怪的话语。

海 因 里 希：那下面，那里有带血的月光……你看到了吗？在那月光落在水面的地方——

劳 登 莱 茵：我什么也看不见！什么也没有！

海 因 里 希：用你的鹰一般锐利的目光——还是什么也看不见？你瞎了吗？什么东西在拖着沉重的脚步慢慢地走过来？

劳 登 莱 茵：幻觉，就是幻觉！

海 因 里 希：不是幻觉！别动，一点也不要动！这不是幻觉，这就像我祈求上帝的宽恕一样真切。他现在正在爬过石头，石头太宽了，挡住了小路——

劳 登 莱 茵：别往下看！我要关上门，用尽全力来拯救你！

海 因 里 希：我跟你说，让我看！我必须看，我要看！

劳 登 莱 茵：瞧啊，白云像纱一样在岩石锅里旋转，激起了旋涡。——你太虚弱了，不要进那个圈子！

海 因 里 希：我不虚弱。什么也没有了，走开了。

劳 登 莱 茵：对，你又变成我们的主人，我们的大师了！快快使用你的力量，赶走那可怜的幽灵！提起锤子，用力劈下……

海 因 里 希：你难道没看到，那东西越爬越高了？

劳 登 莱 茵：哪儿？

海 因 里 希：正从那边狭窄的石子路上上来——穿着一件衬衫……

劳 登 莱 茵：谁？

海 因 里 希：还光着脚呢。他们拿着一个水壶，很沉——它们轮换用赤裸着的小膝盖往上推……

劳 登 莱 茵：哦，亲爱的母亲啊，赶紧救救这个可怜的人儿吧！

海 因 里 希：神圣的光环围绕在他们头顶……

劳 登 莱 茵：那是鬼火在欺骗你！

海 因 里 希：不！快双手合十，你瞧……你瞧……他们上来了……

（海因里希跪下。朦胧之中，两个孩子手拿水壶，艰难地走进来。他们身上只穿着衬衫。）

第 一 个 孩 子：（声音愈来愈轻。）爸爸！

海 因 里 希：孩子！

第 一 个 孩 子：亲爱的妈妈，向你问好。

海 因 里 希：孩子，谢谢！她好吗？

第 一 个 孩 子：（缓缓地，忧伤地，一字一顿地说，）她很好。

（谷底传来难以察觉的钟声。）

海因里希：你们带什么东西过来的？

第二个孩子：一个壶。

海因里希：给我的？

第二个孩子：对，爸爸！

海因里希：孩子，壶里装的是什么？

第二个孩子：咸的东西。

第一个孩子：苦的东西。

第二个孩子：妈妈的眼泪。

海因里希：上帝啊！

劳登莱茵：你究竟在看什么？

海因里希：他们俩啊，这两个孩子！

劳登莱茵：谁？

海因里希：你没长眼睛吗？这两个孩子！你们的妈妈在哪里？快告诉我！

第一个孩子：妈妈？

海因里希：对。在哪里？

第二个孩子：在睡莲里。

（从谷底传来响亮的钟声。）

海因里希：钟……钟响了……

劳登莱茵：什么钟？

海因里希：深埋起来的古老的钟，它响了！谁敲的？我不想听！救命啊！快救我！

劳登莱茵：海因里希，到我这儿来！

海因里希：钟响了……上帝救我！是谁敲的钟？听！隆隆声不断响起，深埋的声音就像雷鸣一般从下面涌上来！声音变低了一下，却又突然加倍传过来……

（面对劳登莱茵，）

我恨你！我唾弃你！滚回去！我要揍你，你这个丑陋的妖女！滚吧，该死的东西！你，我，我的杰作，还有这一切都该诅咒！——这儿！我竟然会在这儿！这儿！我来了……来了！上帝啊，可怜可怜我！

（他吃力地站起来，倒下了，又重新站起来，拖着沉重地脚步走出去。）

劳登莱茵：海因里希，醒过来吧！别走开！——走了，他走了……

第五幕

同第一幕，山中草地，还有威蒂歆的小屋。时过午夜。三个小精灵围着水井坐着。

第一个精灵：熊熊烈火在燃烧！
第二个精灵：祭品被烧，火红的大风从所有的山上吹向山谷。
第三个精灵：浓浓黑烟遮天空，掠过枞树的树梢往下面飘去。
第一个精灵：下面也冒起白色的炊烟。在柔和的雾湖里，牛儿也似乎也沉醉其中，扬起头来，朝着牛棚，哀怨地哞哞叫着。
第二个精灵：在山毛榉树林里，有只夜莺在唱歌。夜已深，她还是在歌唱，边唱边低声哭泣。听此歌声让人伤心，我跪倒在潮湿的树叶里，也不禁流下了眼泪。

第三个精灵：好奇怪啊！我躺在铺在圆锥花之间的蜘蛛网上睡觉。蜘蛛网是用漂亮又柔软的紫线编成的，当我走上来时，仿佛那就是女王的床。我躺在那里美滋滋地休息着。天空上的晚霞像火一样在灼烧，草地上的露珠晶莹剔透闪闪发光，给我带来了明亮的光芒。我眼皮感到沉重，双眼逐渐合上，幸福地入睡了。可当我醒来，宽广的空间里那光芒已消失，我的卧榻也已变得灰蒙蒙的。只有在东边模糊的火焰升起来，越升越高，直到月亮像一块灼烧的金属，立在那多石的山背上。光线里带着血色，倾斜着照过来。好奇怪啊，草地在活动，我听得到低语声、叹息声，哪怕最细微的声音，声音里有抱怨，有哭泣，还有哀叹，彼此纠结在一起，听起来好恐怖！甲虫提着一个发出绿光的灯笼，我叫他，他飞过我旁边也不理我。我躺着，什么也不知道，感觉好害怕，直到所有精灵之中最可爱的那一个男孩乘着蜻蜓的翅膀飞到我的身边，在很远的地方我就能听到他翅膀吧嗒吧嗒的响声。我们共眠一床，相互亲吻，此时他的眼泪流下来。最后他边哭着边紧紧搂着我，泪水流满了我的胸口，他说，光神巴尔德尔……他死了。

第一个精灵：（站起来。）熊熊烈火在燃烧！

第二个精灵：（同样站起来。）光神巴尔德尔的木柴堆！

第三个精灵：（慢慢走到森林的边缘。）光神巴尔德尔死了。我感觉好冷。(他消失不见。)

第一个精灵：诅咒降临到这片土地，
　　　　　就像巴尔德尔尸体焚烧的烟雾一般！
　　　　　（大雾从这片草地上迅疾地飘过。雾散之时，精灵们已消失不见。劳登莱茵从山上下来，满脸憔悴，身体虚弱。她累得坐下来，马上又站起来，走到了水井旁。她的声音死灰一般，断断续续。）

劳登莱茵：往哪里去……又能去哪里？我坐在宴席上，
　　　　　婚礼大厅里，小矮人吵吵闹闹；
　　　　　一个杯子递过来，呵，哪里会是酒，
　　　　　里面分明是灼热的血，
　　　　　我必须一饮而尽。

　　　　　喝下这喜酒，
　　　　　胸口堵住，备感害怕，
　　　　　仿佛被铁手紧紧抓住。
　　　　　我整个的心都要烧掉。
　　　　　心必须冷若寒冰……

　　　　　花冠放在婚礼的桌子上，
　　　　　上面是红色的珊瑚搭配着银色的鱼——
　　　　　取过这花冠，我为自己戴上。
　　　　　现在，我是那水里人的新娘。
　　　　　心必须冷却……

怀抱三个苹果，

白色，金色，玫瑰色，

这是新婚之礼。

我吃下白色的，变得苍白；

我吃下金色的，变得富有；

最后再吃玫瑰色的。

白色、苍白、玫瑰色，

姑娘坐在那儿——死了。

水里的人啊！打开大门，

我给你带来了死去的新娘。

掉进银鱼、蝾螈和石块里，

落入水底，冰冷，阴暗……

心已烧成灰烬！

（她跳进水井。树精从森林里走出来，向井边走来。他向水里呼喊。）

树　　　精：喂，青蛙之王，出来吧！喂，该死的水怪，没听到我叫你吗？你这个长着绿色肚皮的家伙，睡觉呢？喂！我跟你说，赶紧过来！就算水里最美丽的少女躺在你那水藻做成的床边，正给你挠胡子——你也赶紧出来，让她继续躺着！你不会后悔的，因为我知道的和我要给你讲的事情，实在太有意思了！足足抵得上你十个晚上在水中的风流。

尼　格　曼：（在井中，未露头。）呼噜呼噜！

树　　　精：出来！你犹豫什么？

尼　格　曼：（仍然看不到。）我没时间。你闭嘴吧，我得休息。
树　　　精：什么？没时间？你这个该死的青蛙，肚子里究竟装了什么东西？我要跟你讲件事，难道你不听？我的预言应验了，老东西，他把劳登莱茵抛弃了！你要是聪明的话，就赶紧去逮住那只稀有的蝴蝶——她现在受了点伤，浑身虚弱，还有什么能妨碍我们呢？老东西，我跟你说，在她身上寻开心就够了，你是最喜欢那姑娘的了。
尼　格　曼：（浮上来，狡猾地眨了眨眼。）这怎么可能！他抛弃她？哎，你以为我是在追求那姑娘？我可没这么想过。
树　　　精：你现在不喜欢她啦？那我不过是希望，我能知道她在何处罢了。
尼　格　曼：那去找啊！树精，去找啊！
树　　　精：我不是一直在找吗？这夜晚的雾气让我浑身都像受了诅咒一般。我爬上连熊羚羊都不敢去的地方，我询问过每一个土拨鼠。可是，无论是鹞、山鹰，还是土拨鼠、金翅雀、蛇，它们都不知道姑娘所在。我遇见围着篝火休息的樵夫，我偷了一根烧着的木柴继续寻找。直到在烟雾弥漫的火光的照耀之下，我来到了山上孤零零的冶炼场。夜色之下，祭祀的烟雾弥漫。火焰熊熊燃起，房梁倒塌——人类大师的庄严与壮美就此永久覆灭！
尼　格　曼：我知道，这一切我早已知道了。就为这事打搅我，让我从井底上来吗？我知道的还更多呢。钟如何会响,谁敲响了那已死的钟舌[1],这我都知道。要是你看到我在下面看到的事情就好了,在湖底发生了根本不可能发生的事情。一个死去的女人竟然伸出僵硬的手去找寻那钟,最后也如愿以偿。手才刚刚碰到,雷鸣般的钟声突然响起,向着天空咆哮,又如母狮一般不停吼叫,穿越山林,向着那个大师呼啸。我看到那个女人,已经溺死在水里,头发稀疏地披散在脸上,一副受难者的表情。她伸出手划过那钟,吓人的钟声加倍地响起来。我年纪已大,见过的世面也不少,我都吓得毛发耸立,大家全都逃开了。要是你也看到我当时在下面看到的情景,你就不会再问那小精灵了。就让她在自己喜欢的花瓣树叶上跳舞好了,我对谈情说爱早已厌倦了,根本没什么意思!

树　　精：唉,我也一样。俗话说,人人都要做让自己开心的事情,这句话值得注意。我要抓住的是一个活生生的甜美的人,她已跳进水里死去,我还管她干吗!

尼　格　曼：呼噜呼噜!就这样吧。你只知道这一些,你只要把咬过你的跳蚤弄死,就不会有其他的再咬你。只要你愿意,你就去找。但是你就是花费十年心血,你也得不到那个姑娘。她喜欢我,不喜欢你这样长着山羊脚的东西。再会吧,你知道,我现在得下去了。好了,你现在高兴去哪就去哪吧,我是一个受

---

[1] 钟的中空部分常有一个金属舌状物,又称钟舌,条状钟的钟舌则与钟体相分离。钟舌撞击钟的金属部分就可以发出清脆的响声。

苦的水里人，得看最年轻的妻子的心情。

树　　精：（向他喊去，）你在不久的将来必定在孩子的摇篮旁看孩子，这就跟星星在天空闪闪发亮，鱼儿在水里游泳，鸟儿在天上飞，我头长角、腰强壮这一切真么确定！晚安，好梦！嗨！跑吧！披荆斩棘向前冲！跳蚤已经死啦！

（树精跳着滑稽的步伐，下。威蒂歆从小屋里出来，打开百叶窗。）

威　蒂　歆：该起床了，清晨的气息已经飘进来。昨天啪嗒啪嗒吵了一夜。（公鸡鸣叫。）好啦，咯咯咯……你别在我跟前一直咯咯叫，你这个不让人睡觉的家伙。咯咯叫，好像人家不知道天亮了，就算你不叫，我也知道时间。你咯咯叫是说母鸡下了个金蛋，是看到太阳马上就要升上天空，人们又得到了阳光的普照吧。唱歌吧，你个小麻雀，新的一天已经到来。我这为什么还没有亮光呢？我想有个灯光照照看看四周。哎呀，忘带红宝石了。（翻寻口袋，拿出一个发红光的宝石。）在这儿！

海因里希的声音： 劳登莱茵！

威　蒂　歆：你在这儿呢。别总叫，她马上就来。

海 因 里 希：劳登莱茵，我在这里！你听不到吗？

威　蒂　歆：我想很难。她很难再听到你叫她了。

（海因里希被人追赶，出现在小屋上方的岩石上，他脸色苍白，衣衫褴褛。他右手抓住一块石头，正准备往后面山下扔去。）

海因里希：要是敢上来的话，就试试看！无论是牧师、理发师、教堂的差役还是小商贩，谁敢第一个向前踏上一步的话，就会像沙袋那样滚到山谷里去。是你们把我妻子推下去的，不是我！一群流氓、笨蛋、乞丐、无赖！为了几分钱，就做祈祷连续哀号30个日夜！只要能够就去出卖上帝永恒的爱，真是恬不知耻，就为了获得几个杜卡特——简直坏到极点。大骗子！伪君子！竟然想用石头堆成大坝，筑起石墙来堵住上帝的海洋、天国的洪水、极乐的浪涛，这样就想保护你们那山谷下的干燥的地狱！砸开你们大坝的铲工什么时候出现？我不适合干那行……真的，说实话，我不行。

（海因里希扔下石头，往上爬。）

威蒂歆：那边不行，别爬了，慢得很。

海因里希：老婆婆，那上面什么东西在燃烧？

威蒂歆：哦，我怎么知道啊？有人在上面建造了一个半是教堂半是王宫一样的建筑，丢弃在那儿，现在在烧着呢。

（海因里希心如死灰，拼命往上爬。）

听说那边特别陡峭，必须借助翅膀才能上去。大师，你的翅膀已经碎了。

海因里希：不管碎了还是完好，我都必须上去。那熊熊燃烧的东西，是我的，我的杰作啊！你明白吗？那建造的大师就是我。所有的一切，我都投入进去了……我走不动了，不行了！（暂停。）

威　蒂　歆：你休息一会儿吧，现在路上一片漆黑，你坐在那边的凳子上。

海因里希：休息？我休息？那堆碎片如此吸引着我，你就是现在给我铺了绒毛和丝绸的床铺，我也不能休息。对，即使是我的母亲——她早已化为尘土，她亲吻我这既冰冷又在发烫的额头，也只是无力的祝福，给我带来的安息就像是被马蜂蜇了一下一样。

威　蒂　歆：也许果真如你所言。你等一下，我在地窖里还有一坛陈酒。

海因里希：我等不及了。水！

（他急速来到井边，坐在井沿上。）

威　蒂　歆：那你打点井水喝吧！

（海因里希坐在井沿上打水喝。井里传出轻微的甜美的歌声，声音里夹杂着哀怨。）

声　　　音：海因里希，可爱的恋人，
　　　　　　坐在我的井边。
　　　　　　我要起来到你那儿去，
　　　　　　但是，疼痛难忍——
　　　　　　别了，永别了！

（暂停。）

海因里希：老婆婆，这是什么声音？告诉我，说话啊！是谁发出这么凄凉的声音呼唤着我的名字？叫着"海因里希"，声音是从下面传上来的，最后还非常轻轻地说："别了，永别了！"老婆婆，你是谁？我现在又是在什么地方？我觉得我好像是一觉刚醒过来。那岩石，这小屋，还有你，这一切都是陌生的，可又感觉似曾相识。我以往的经历难道不过只是已逝的气息的回响，那声音存在又似乎不存在，不是吗？老婆婆，你是谁？

威 蒂 歇：我？你究竟是谁？

海因里希：你问我是谁？对，老婆婆，我究竟是谁？我也曾多次询问上苍，我是谁？没有答案。不过有一点可以确定，那就是不管我是谁，英雄抑或懦夫，半神抑或禽兽，我都是被太阳遗弃的孩子，一直渴望着能回到故乡。我深感无助，十分难过，我哭泣着寻找母亲，她热切地伸出金色的双臂，却永远都抓不住我。你在那儿做什么？

威 蒂 歇：你不久就会知道的。

海因里希：（起身。）好吧！那你就用你那灯笼发出的血色光芒指引我继续通往高处的路吧。等我到了过去我被尊为王的地方，我想一个人在那儿生活，作为漂泊的隐者，无人尊我为王，我也不为任何人服务。

威 蒂 歇：你不应该做此打算，你到上面找到的肯定是完全不同的其他东西。

海因里希：你怎么知道？

威 蒂 歇：这一切我都知道。他们在后面紧紧追着你，对吧？肯定是这样。人类像狼一样追逐着生命的光芒，但是当死亡降临，人类却又像被狼追逐的羊群。事实就是如此。而那些看护你们的牧羊人，根本没有能力，只会大声喊着："逃呀！""逃呀！"他们带着猎犬追赶，却不敢让猎犬去抓狼，只会把羊群往狼嘴里送去。你追寻生命的光芒时，比其他人要好很多，可当你面对死亡时，却一样没有勇气。

海因里希：唉，老婆婆，你瞧！我不知道为什么会发生这样的事情。是我自己推开了充满光明的生命，作为一个大师，我丢开自己的工作，像一个学徒一样，对自己亲手所铸的钟，对我曾经亲自赋予它的声音感到无可奈何。有一点是可以肯定的，它那青铜做的胸中发出的声音震撼群山，从四周的树梢都激起回响！那可怕的声音从四面八方不断升高，深深地打击了我！可我依旧是大师！在它击垮我之前，我必须用曾经浇铸它的同一双手，将这个我亲自创造的杰作砸成碎片。

威蒂欸：过去的已经过去，结束的不会再来，你再也爬不到那高处了。我知道你曾经是一个笔直的嫩枝，强壮是强壮，但还是不够强壮。天主曾经召唤过你，可你却没能成为他的选民。过来坐下吧！

海因里希：老婆婆，再见！

威蒂欸：过来坐下吧！你能找到的不过是已烧成灰烬的山。人活着，就是去寻找生命。我告诉你，你在那山上是找不到生命的。

海因里希：那就让我死在那儿吧！

威蒂欸：好吧。像你这样的人，曾经飞入高空走进光芒之中，但最终落下来，必定粉身碎骨。

海因里希：我感觉到，人生的征途已经接近尾声。我已无所谓了。

威 蒂 歇：你已接近尾声！

海因里希：好吧。你有魔法，通晓一切。请你告诉我，在我死之前，能否获得同意看到我为之脚掌沾满血迹苦苦追寻的东西？你不能给我答案吗？难道我非得从黑夜走入最深的黑夜，连已经消逝的光芒的余光也沾不到？我再也看不到她……

威 蒂 歇：你到底渴望见到谁？

海因里希：当然是她了！你难道不知道？除她还能有谁？

威 蒂 歇：你可以提出一个愿望。许愿吧，——不过这是最后一个愿望。

海因里希：（迅疾地，）许好了！

威 蒂 歇：你可以再见到她。

海因里希：啊，母亲！你果真能做到？你力量如此强大？为什么我这样称呼你为母亲，我也不明白。以前的我，就跟此刻一样，感觉已经到了终点，每一次呼吸，我心里几乎都不耐烦地希望这是最后一口气息。那时她就来到我的身边，我如沐春风，病恹恹的身体马上就恢复了，我就好了……现在，我跟以往一样，我感觉我好像马上就能飞到那高处……

威 蒂 歇：已经结束了。人生的重负太沉，拖着你往下走。你的妻子给你的负荷太多，你已无法克服。注意！我在桌上放着三个杯子。第一杯是白酒，第二杯是红酒，最后一杯是黄酒。当你喝下第一杯时，全部的力量都会来到你的身边。喝下第二杯时，这是你最后一次能感觉到那早已离你而去散发出光芒的灵魂。两杯过后,一定不能再喝那最后一杯。

(正想走进屋里,又停下脚步,意味深长地说,)我已说过,无论如何也不行!记住!(下。)

海因里希:(刚开始激动地跳起来。听到老婆婆说"已经结束"时,非常沮丧。现在他从发呆状态中醒过来,坐在他之前斜靠的椅子上。)一切已经结束。她说,一切已经结束。哦,我的心啊,以前一切都很清晰,现在为什么又犹疑不决呢?预知命运的老婆婆!你的话剪断了我的生命之线,就像在断头台上砍下头颅一样,——一切已经结束!离期限已经不远,对我而言这段时间绝非毫无价值。寒冷的气息从深渊中吹过来。白昼伴着第一道微光宣告自己的到来,它穿透厚厚的云层露出苍白的面貌,可惜已不再属于我了。我历经许多寒暑,从今天起这再也与我无关。(端起第一杯酒。)拿酒来,在恐惧到来之时!在杯底有黑暗的一滴酒在灼烧,最后一滴……老婆婆,你没有了吗?没关系!

(喝酒。)现在到了第二杯!来吧!

(拿起第二杯。)喝下第一杯正是为了你这第二杯。你这美酒佳酿,要是没有你带给人们的沉醉与芳香,就是上帝在尘世上邀请我们参加的狂欢宴会,我想一定也差劲很多,配不上你这高贵的客人。不过,我现在应该感谢你!(喝下。)好酒!

(在他喝酒的时候,一种类似俄尔浦斯竖琴微弱的声音传过来。劳登莱茵疲惫而严肃地从井里走出来,坐在井边,梳着披散的长发。月华如水。她脸色苍白,一个人在唱歌。)

劳登莱茵:(声音微弱。)夜已深,一个人;

我梳着金发;

美丽的劳登莱茵。

鸟儿已经飞走,雾气弥漫四周。

草原上的大火孤零零地燃烧……

尼格曼:(在井里,没有现身。)劳登莱茵!

劳登莱茵:我马上就来!

尼格曼:快点过来!

劳登莱茵:心好痛!

衣服好紧!

我是受诅咒的、可怜的井中少女。

尼格曼:劳登莱茵!

劳登莱茵:马上就来!

尼格曼:快点!

劳登莱茵:月华如水照四方,

我在月下梳头发。

心里念着那个人,

曾经难舍又难分。

吊钟花儿在唱歌,

是幸福还是痛苦?

或许悲喜交合,二者皆有。

时间已到,下去吧!

太久了，回到水里去吧。

下来了！

（正要下去，）谁在轻声地呼唤？

海因里希：我！

劳登莱茵：你是谁？

海因里希：是我啊。你走近一点，就能认出我了。

劳登莱茵：我不能，我也不认识你。走开！凡是跟我说过话的人，都会被我杀死。

海因里希：你折磨得我好苦！过来吧，摸着我的手，你就能认出我是谁。

劳登莱茵：我根本不认识你。

海因里希：不认识我？

劳登莱茵：不认识。

海因里希：你从未见过我？

劳登莱茵：从来没见过。

海因里希：上帝啊，带走我吧！难道我以前没有把你的嘴唇吻破？

劳登莱茵：从来没有。

海因里希：你从未把你的嘴儿递过来？

尼格曼：（从井中传出声音，没有现身，）劳登莱茵！

劳登莱茵：马上就来！

尼格曼：进来吧！

海因里希：谁在叫你？

劳登莱茵：我水井里的丈夫。

海因里希：你瞧瞧我，悲痛欲绝！浑身痉挛难耐，生命的力量已经消失殆尽,太可怕了!哦,请不要再折磨已经毫无希望的人了,救救我吧!

劳登莱茵:那我该做什么呢?

海因里希:来到我身边!

劳登莱茵:我不能过去。

海因里希:不能?

劳登莱茵:不能。

海因里希:为什么?

劳登莱茵:我们在下面跳轮舞。舞蹈很好玩,脚底很沉重,但是当我翩翩起舞,双脚就不再疼痛了。再见了,再见!

海因里希:你要去哪里?别走开!

劳登莱茵:(在井沿后边,模模糊糊。)去那永恒的遥远的国度。

海因里希:那儿……杯子在那边,玛格达,杯子递给我,你……你脸色好苍白——递给我酒杯。谁若将酒杯奉上,我必为她祝福!

劳登莱茵:(径直走近他,)我来!

海因里希:你愿意把酒杯拿给我?

劳登莱茵:我愿意。让死者安息吧。

海因里希:我摸到你了,你那天使的面容!

劳登莱茵:(退得很远。)别了!我不再是你的恋人。我曾经是,那是在5月,5月——一切已经结束了……

海因里希:结束了!

劳登莱茵:结束了!谁曾每晚为你歌唱,伴你入眠?谁又用魔法的旋律唤醒你?

海因里希：除了你，还会有谁！

劳登莱茵：谁，我？

海因里希：劳登莱茵！

劳登莱茵：谁曾将贞洁献给你？谁又曾被你推下井中？

海因里希：除了你，还会有谁？

劳登莱茵：我，谁？

海因里希：劳登莱茵！

劳登莱茵：别了！

海因里希：悄悄地带我下去吧。夜色降临，所有的人都想逃避的黑夜降临。

劳登莱茵：（朝海因里希飞奔而去，抱住他的膝盖，欢呼起来。）太阳升起来了！

海因里希：太阳！

劳登莱茵：（边欢呼，边哭泣。）海因里希！

海因里希：谢谢。

劳登莱茵：（拥抱着海因里希，嘴唇亲吻着他的嘴唇。之后轻轻地放下垂死之人。）海因里希！

海因里希：太阳的钟声在高处鸣响！太阳……太阳升起来了！——黑夜漫漫长。

（曙光出现。）

汉娜拉升天记

一部梦幻剧

创作时间：1893 年。

初版：单行本，名为《汉娜拉——一部两幕梦幻剧》，柏林，S. 菲舍尔出版社，1894 年。

献给

玛丽·豪普特曼，

她生下了耶蒂内曼。

孩子们摘下红色的苜蓿，拔掉花冠，吸取花茎上精美的淡色汁液。淡淡的甜蜜流入他们的舌头上。如果你能够从我的作品里吸取如此多的甜蜜，我也就不会为我的礼物感到羞愧。

斯克拉斯卡波伦巴（Schreiberhau）[1]，1893 年。

——盖尔哈特

1　原德国城市，今属波兰。

人物角色

汉娜拉

戈特瓦尔特：老师

玛尔塔修女：教会护理

贫民窟里的居民：图尔珀，海德维希（海特），普莱施克，汉克

赛德尔：林业工人

贝尔格：地方行政长官

施密特：政府仆役

瓦赫勒医生

在汉娜拉发烧神志不清时的人物：泥瓦匠玛特恩，她的父亲。一个女幽灵：她的已故的母亲。三个发光的天使。一个高大的黑色天使。女护理。乡村裁缝。戈特瓦尔特和他的学生们。贫民窟里的居民普莱施克、汉克和其他一些人。赛德尔。四个穿着白色衣服的年轻小伙子。一个陌生人。许多发光的大天使和小天使。送葬的人，一些妇女，及其他人。

第一幕

（山村贫民窟里的一个房间：光秃秃的墙壁中间有一扇门，左侧一个窥视孔一般的小窗户。窗前一张晃动的桌子和一个长凳。右侧是铺着草褥的床架。后墙旁一个炉子，一个长凳，还有一个床架。床上也铺着草褥，堆着几件破衣服。——这是一个12月暴风呼啸的夜晚。烛光掩映之下，图尔珀，一个像乞丐一样的衣衫褴褛老妇人，坐在桌旁捧着一本赞美诗在唱。）

图 尔 珀：（唱歌，）您的仁慈永不变，

耶稣基督在身边，

从今往后我们……

（海德维希这时走进来，她又叫海特，是一个30岁上下的邋遢女人，留有卷卷的刘海。她头上包着一条厚厚的头巾，腋下夹着一个小包，穿得单薄又寒酸。）

海 特：（对着双手哈气，腋下仍旧夹着小包。）哦，主啊，主啊！这鬼天气！（她把包往桌上一扔，继续对着空空的双手哈气。脚穿两只破鞋，轮换着用一只脚踩在另一只脚上。）多少年都没碰到这种鬼天气了。

图 尔 珀：你带什么东西来了？

海 特：（龇牙咧嘴，疼得呻吟起来，坐在火炉旁的椅子上，使劲把鞋给脱掉。）哦，天哪！我的脚指头！脚指头差点烧着啦！

图 尔 珀：（解开包裹；一个面包，一小包菊苣根，一小包咖啡，几双袜子，还有其他一些东西，这时全都露出来。)你包里就没有一点东西是给我的吗?

海　　特:(正忙于脱鞋,没注意到图尔珀,突然像老鹰一样冲过去,把那堆东西抓在一起。)图尔珀!(一只脚还穿着鞋,另一只脚光着,瘸着腿把行李拿到后墙旁的床上。)我跑了那么远,你觉得我这么辛苦,身体都冻僵了,就是为了你?

图　尔　珀:哎,你闭嘴吧,烂货!我才不会要你那点破东西!(她站起来,猛地合上书,把书放在衣服上仔细擦干净。)我才不要你乞讨过来的东西。

海　　特:(把东西放在草褥底下。)谁天天乞讨,你还是我?谁都知道,像你这把年纪,整天无所事事。

图　尔　珀:你干的是什么勾当,牧师先生已经跟你说过他的看法。当我像你一样是个年轻姑娘的时候,我不会像你一样在街上晃荡,我是个让人尊敬的人。

海　　特:大概就因为这,你才被送进监狱。

图　尔　珀:要是你想的话,你也可以进去。我只需要跟警察打个招呼就够了,会让他明白你的。姑娘,我跟你说,别那么放肆!

海　　特:我才不管什么警察,你让他们过来,看看我是否会跟他们说点你的事情。

图　尔　珀:你愿意说啥就说啥。

海　　特:是谁从酒馆老板的小儿子那里偷的外套啊?(图尔珀朝海特做出吐唾沫的姿势。)图尔珀!该死的东西!现在没话说了吧。

图　尔　珀:随你怎么说!我不会拿你任何东西的!

海　　特：当然了，因为你根本得不到任何东西。

　　　　　（暴风雨呼啸着奔向房屋，普莱施克与汉克简直是被暴风雨给扔进走廊里来的。普莱施克衣衫褴褛，脖子上有一个肿块，是个傻里傻气的老头，这时候大笑起来。汉克是个年轻的小伙子，整日无所事事，吊儿郎当，嘴里在咒骂着什么。通过敞开的门可以看到他们两个在走廊的石头上，抖落帽子和衣服上的雪。两人均背着包。）

普莱施克：冰雹！下冰雹啊！就跟魔鬼一样砸下来！可能会把这个破屋子给砸倒！有可能！

　　　　　（海特看到两人，又拿起自己在草褥下的包裹，从两人旁边跑出去，走上阶梯。）

　　　　　（普莱施克在海特后面喊，）你……跑……什么呢？我……又不会……伤害你……对吧，汉克？

图　尔　珀：（在炉子旁忙着煎土豆，）她自己想错了，她以为我会把她的东西拿走。

普莱施克：（走进来，）哦，主啊！主啊！救救我们！赶紧停吧！晚上好……晚上好！鬼天气！外面的天气比魔鬼还可怕！我差点被风给吹跑！要是撒谎，就下地狱！

　　　　　（他一瘸一拐地走到桌子旁边，裤腿都开裂了。他放下包后把摇摇晃晃的头朝图尔珀转过去，头发花白，眼睛里很多眼屎，似乎患有烂眼症。他气喘吁吁，一直在咳嗽，身体在动，想暖和起来。在此期间，汉克也已走进房里。他把乞讨用的包放在门

图 尔 珀：从哪里过来的？

普莱施克：我？我从哪儿过来？从很远的地方过来。从山上的村庄那边。

图 尔 珀：带什么东西来了吗？

普莱施克：嗯，带了很多漂亮的东西。从牧师那边……我得到……钱……从酒馆老板那里……我得到……满满……一碗……汤……

图 尔 珀：给我吧，我放到锅里热一下。

（她从包里拿出锅，放在桌子上，继续搅拌锅里的东西。）

普莱施克：还有……香肠，对……就在里面。杀猪的……杀猪的人给我的。

图 尔 珀：你带了多少钱？

普莱施克：3块，就3块，在这里。

图 尔 珀：现在给我，我给你保管。

海　　　特：（又进来。）你个蠢货，她会把你的东西都拿走的。

（走到炉子旁。）

图 尔 珀：管好你自己的事情就好。

汉　　　克：他是她的未婚夫。

海　　　特：上帝啊，上帝！

汉　　　克：丈夫总得给妻子带点东西回家，这才对嘛。

普莱施克：你取笑我……取笑我！你就不能让我这样一个可怜的老头子清静一下吗？

海　　　特：（模仿普莱施克的说话方式，）可怜的老头……可怜的普莱施克老头……不久就活不下去了。可怜的普莱施克老头……不久就说不出话了。

普 莱 施 克：（手里拿个棍子向她走去。）现在……走……走……开！

海　　　特：让我从你面前走开？

普 莱 施 克：现在……走开……！

海　　　特：从谁跟前走开啊？

普 莱 施 克：现在就滚！

图　尔　珀：给她个教训瞧瞧。

普 莱 施 克：滚！

汉　　　克：让她一个人待着。

图　尔　珀：你们安静点！

（海特这时利用站在汉克背后的机会，迅速从破口袋里拿了东西，然后跑开。汉克这时正在跟普莱施克说话。图尔珀看到之后，笑得都站不住脚。）

汉　　　克：有什么好笑的！

图　尔　珀：（一直笑。）哈哈！你当然看不出什么好笑的。

普 莱 施 克：哦，耶稣！耶稣！瞧瞧她。

图　尔　珀：你最好看看你的东西，不然也许会少点什么。

汉　　　克：（转过身来，注意到他被戏弄了。）无耻的女人！（他朝海特追去。）等我抓住你，有你好受的！（这时可以听得到脚步声、追赶声以及压低的叫喊声，他在楼梯上向上跑。）

普 莱 施 克：恶毒的女人！（他大笑，图尔珀也同样纵声大笑。突然房门传来猛烈的声响，两人的笑声戛然而止。）

怎么回事？

（外面的狂风撞击着房屋，大雪往窗子上冲过来。片刻的寂静。这时戈特瓦尔特出现。他是一个32岁的教师，脸上有黑胡须，怀里抱着14岁左右的女孩汉娜拉·玛特恩。这个小女孩红色的长头发披在戈特瓦尔特的肩膀上，她一直啜泣着。她把脸庞埋在教师的脖子上，胳膊也软弱无力地耷拉着。汉娜拉穿得很单薄，身上裹着毛巾。戈特瓦尔特没有注意到屋里的人，把汉娜拉小心翼翼地放在墙壁右侧的床上。这时一个名叫赛德尔的林业工人，拿着一个灯笼进来。除了斧子和锯子，他还拿着一包湿衣服进来。他把打猎戴的旧帽子戴在略微灰白的头上。）

普莱施克：（大吃一惊，盯着进来的人。）嗨，嗨！——这是怎么一回事？

戈特瓦尔特：（把毯子和他自己的外套摊开盖在孩子身上。）赛德尔！热砖头，快点！

赛德尔：注意喽！快跟我去把砖头弄热乎！别站在那边啥也不做，赶紧的！

图尔珀：这孩子怎么了？

赛德尔：我没时间解释。（迅速和图尔珀一起下。）

戈特瓦尔特：（安慰汉娜拉。）会好的，会好的！别怕，你不会有事的！

汉娜拉：（牙齿打战。）我怕！我怕得很！

戈特瓦尔特：你不要怕，我不会让任何人伤害你的。

汉娜拉：爸爸，爸爸……

戈特瓦尔特：孩子，他不在这里。

汉　娜　拉：要是他现在来的话，我好害怕。

戈特瓦尔特：他不会来的，相信我，孩子。

（一个人飞快地从楼梯上下来。）

海　　　特：（手里举着砧板。）看看汉克的东西！

（汉克在后面追她，抓住她，试图从手里夺下砧板。但是她把砧板往屋中间迅速扔去。）

汉　娜　拉：（受惊，跳起来。）他来了！他来了！

（汉娜拉伸着头，上身半坐起来，苍白的病态的被悲伤吞噬的脸庞上表现出极度的恐惧，她盯着传来声音的那个方向。海特摆脱了汉克，跑进后面的房间里。汉克走进来拾起砧板。）

汉　　　克：你这个臭婆娘，我马上就会给你点颜色瞧瞧的！

戈特瓦尔特：汉娜拉，保持平静，没事的。（对汉克，）您想做什么？

汉　　　克：（惊讶地，）我？我想做什么？

海　　　特：（把头伸进来，喊道，）三只手！三只手！

汉　　　克：（威胁海特，）你给我安静点，我会找你算账的！

戈特瓦尔特：我请你们别吵了，这里有病人。

汉　　　克：（捡起砧板，拿在身边。有点怕，往后退了几步。）怎么了？

赛　德　尔：（带了两块砖进来。）我先拿两块过来。

戈特瓦尔特：（摸一下砖，试试温度。）够热吗？

赛　德　尔：马上会暖和起来的。（他把其中的一块放在汉娜拉的脚下。）

戈特瓦尔特：（指着另一个地方，）把那块放在这边。

赛　德　尔：她现在看起来还不够暖和。

戈特瓦尔特：她冻得发抖。

（图尔珀从赛德尔后面走进来，海特和普莱施克尾随其后。在门口可以看到一些穷人，他们身体都很瘦弱，充满好奇，在低声说话。他们慢慢走近，声音逐渐变响。）

图　尔　珀：（站在床旁，双手叉腰。）热水和烧酒会有用的。

赛　德　尔：（打开一个烧酒瓶，普莱施克和汉克也是如此。）这里还有一点。

图　尔　珀：（已经站到炉旁。）拿这边来。

赛　德　尔：水热了吗？

图　尔　珀：哦，耶稣，这水烫得可以煮牛肉。

戈特瓦尔特：要是有的话，可以放点糖。

海　　　特：哪里能弄到糖呢？

图　尔　珀：你有糖，不要装了。

海　　　特：我？我有糖？我没那东西。（她勉强发笑。）

图　尔　珀：你带了糖过来，我在那里面看到了。

赛　德　尔：现在去拿点过来吧。

汉　　　克：快去啊，海特！

赛　德　尔：你会看到，糖对这个孩子很有帮助的。

海　　　特：（执拗地，）自己去弄。

普　莱　施　克：去拿糖过来啊！

海　　　特：在杂货店那里有。（她悄悄走出去。）

赛　德　尔：要是到杂货店那里没有弄到，还要花时间！你的糖

　　　　　　应该够的！你肯定能找到一些的！
普莱施克：（刚出去了一会儿，现在又回来。）她是个……坏女人……坏女人！
赛 德 尔：我本来想改变她的坏念头。如果我是行政长官的话，我肯定会揍她一顿。一个像她这样年轻又强壮的女人，还不好好干活！她这样的人在咱们这穷人的屋里住着做什么！
普莱施克：我这里有一点……糖……
汉　　克：（闻一闻酒的香味。）我真想也生病！
政府仆役施密特：（拿着灯笼走进来。急切又严肃地，）让一下，行政长官来了！
　　　　　　（行政长官贝尔格走进来，一看就是后备军上尉。他脸上留着髭须，虽然脸庞看起来比较年轻，保养不错，但是头发已经略显灰白。身穿长大衣，有一丝优雅。手里拿着棍，U形帽子歪戴着，显得挺潇洒。他身上透露出一丝无拘无束的神态。）
穷 人 们：晚上好，长官！晚上好，上尉先生！
贝 尔 格：晚上好！（他放下外衣、帽子与木棍，做了个特有的手势。）现在都出去吧！（施密特要求大家都出去，把他们赶往后面的房间里。）晚上好，戈特瓦尔特先生。（向他伸出手。）情况怎么样？
戈特瓦尔特：我们刚把她从水里救上来。
赛 德 尔：（走上前来。）请您原谅，长官！（按照以前的习惯，做了了军人打招呼的姿势，将手放在额头旁。）我还在铁匠铺干活，把夹子缠在斧头上。我从铁匠铺里走出来，附近有个池塘。人们常常说起那个池塘，就像个小湖那样大。（对戈特瓦尔特，）这是真的，池塘相当大。您或许也知道，长官大人：那里有个地方，永远都不结冰。从来都没有结过冰！我还记得我小时候……

贝　尔　格：然后呢？

赛　德　尔：（重新将手放在额头旁。）我当时从铁匠铺出来，在月光下走路，突然听到一个声音。开始我没在意，可之后我突然发现有个人影在池塘里！就在那个不结冰的地方！我大喊，可是她已经消失了。而我，如您可以想见的那样，二话没说，赶紧到铁匠铺里拿了一个木板，然后跑到那里，一——二——三——，最后把她给捞上来了。

贝　尔　格：赛德尔，干得不错。我每天听到的都是打架斗殴、头被敲破、腿被打烂这档子事。这次总算是件别样的事情。你立即把她带过来了吗？

赛　德　尔：是戈特瓦尔特老师……

戈特瓦尔特：我刚从教师会议里出来，碰巧路过。我当时立即把她抱回家，我的妻子很快找东西把她身上擦干。

贝　尔　格：你怎么看这件事的？

赛　德　尔：（犹豫地，）她是——玛特恩的继女！

贝　尔　格：（感到窘迫，停顿了一会儿。）谁的继女？那个无赖！

赛　德　尔：孩子的母亲六个星期前去世，我们对其他的事情所知甚少。她抓我踢我，可能他以为我是她的继父。

贝　尔　格：(嘟哝道，)这个该死的混蛋!

赛　德　尔：从昨天到现在他一直都在酒馆里不停地喝酒，他就是个酒鬼!

贝　尔　格：我们不能让他这么好过!(他弯腰到床上，对汉娜拉说话。)小姑娘，跟我说说!你哭啦。你不要这么害怕地看着我，我不会伤害你的。你叫什么名字?——你说什么?我听不懂你讲话。(他起身。)我觉得这个小姑娘非常固执。

戈特瓦尔特：她太害怕了。——汉娜拉!

汉　娜　拉：(声音微弱。)嗯。

戈特瓦尔特：你要回答长官的问话。

汉　娜　拉：(颤抖地，)上帝啊，我很冷!

赛　德　尔：(将酒拿过来。)过来喝一口!

汉　娜　拉：(同上。)上帝啊，我很饿!

戈特瓦尔特：(对行政长官，)有人在她面前的时候，她吃不下东西。

汉　娜　拉：上帝啊，我疼得难受!

戈特瓦尔特：哪里疼?

汉　娜　拉：我怕!

贝　尔　格：谁让你这么害怕的?谁啊?孩子，现在跟我们说。我听不懂你的话，也就帮不了你。孩子，你听我说!是你的继父虐待你吗?他是不是常常打你?把你关起来?还是把你从屋里扔出去?上帝啊……

赛　德　尔：这个小姑娘沉默寡言，让她说话比登天还难。我觉得她就是一个沉默的羔羊。

贝　尔　格：我必须确定一些事实，这样我才能够将那个无赖拘捕。

戈特瓦尔特：她想起那个人就怕得要死。

赛　德　尔：对于那个无赖，这也不是什么新鲜事。问问周围的群众，就知道他是个什么东西！我都感到奇怪，这个小姑娘竟然能够活到现在。这简直难以想象！

贝　尔　格：他到底对这个小姑娘做过什么坏事？

赛　德　尔：人们都说他坏事干尽。就像这样天气的夜晚，他都会把这个小姑娘赶出家门，让她到外面去乞讨，而他就出去酗酒。可是让这个小姑娘到哪里能够讨到东西呢？她就整夜在外面挨冻，大家有时候在夜里会看到她大哭。这都是他干的坏事！

戈特瓦尔特：她母亲在世的时候，还能有个依靠。

贝　尔　格：我马上就把那个无赖抓起来，长久以来他一直都在酗酒闹事的名单上。孩子，过来，看着我的脸。

汉　娜　拉：（恳求地，）不要！不要！

赛　德　尔：你从她嘴里得不到任何答案。

戈特瓦尔特：（温和地，）汉娜拉！

汉　娜　拉：嗯。

戈特瓦尔特：你认识我吗？

汉　娜　拉：认识。

戈特瓦尔特：那我是谁？

汉　娜　拉：戈特瓦尔特老师。

戈特瓦尔特：很好。你看，我们俩关系一直都不错，你能不能跟我说说……你去铁匠铺旁边的湖里做什么？你为什么不在家里？为什么呢？

汉　娜　拉：我怕！

贝　尔　格：我们都到旁边，你只跟戈特瓦尔特老师一个人说话。

汉　娜　拉：（羞怯地，秘密地，）他在喊我。

戈特瓦尔特：谁在喊你？

汉　娜　拉：亲爱的耶稣！

戈特瓦尔特：耶稣在哪里喊你的名字？

汉　娜　拉：在水里。

戈特瓦尔特：水里哪个地方？

汉　娜　拉：在水下面。

贝　尔　格：（穿上外套，改变决定。）首先得把医生叫来。我想他还是在施瓦特酒馆里坐着。

戈特瓦尔特：我已经去请教会女护工来了，这个孩子需要有人照顾。

贝　尔　格：我去跟医生说。（对施密特，）你去把警察叫到我那里，我在酒馆里等着。再见，戈特瓦尔特先生。我们今天就把那个无赖逮捕。（与施密特下。汉娜拉入睡。）

赛　德　尔：（过了一会儿。）他不会把那个人关起来。

戈特瓦尔特：为什么不会？

赛　德　尔：他知道为什么。这个孩子的父亲是谁？

戈特瓦尔特：赛德尔，那只是流言蜚语。

赛　德　尔：您知道我的意思。

戈特瓦尔特：还不都是人们编造的！连一半都不可信。我现在只希望医生能够马上就来到!

赛 德 尔：(轻轻地,)我觉得这个孩子活不成了。

　　　　　(瓦赫勒医生进来,大约34岁,看起来很认真。)

瓦赫勒医生：晚上好。

戈特瓦尔特：晚上好。

赛 德 尔：(帮助他脱掉皮衣。)晚上好,瓦赫勒医生!

瓦赫勒医生：(在炉边暖暖手。)我还需要灯光。(后面的屋里传来手摇风琴的声音。)他们大概疯了!

赛 德 尔：(通往后面房间的门已经打开,赛德尔来到门口。)保持安静,不要吵!(声音停下来,赛德尔走进后面的房间,下。)

瓦赫勒医生：戈特瓦尔特先生?不是吗?

戈特瓦尔特：我是戈特瓦尔特。

瓦赫勒医生：我听说她自己往水池里跳下去。

戈特瓦尔特：她看不到任何希望。

　　　　　(安静了一会儿。)

瓦赫勒医生：(走到床边,观察汉娜拉。)她在说梦话吗?

汉 娜 拉：无数颗星星。(瓦赫勒医生与戈特瓦尔特都注视着汉娜拉。月光穿过窗户照亮了房间里的人。)为什么要打我?啊呀,我心里痛得很!

瓦赫勒医生：(从脖子上仔细松开她的衬衫。)身上几乎到处都是伤痕。

赛 德 尔：她的母亲去世装进棺材时也是一样。

瓦赫勒医生：太可怜了!太可怜了!

汉 娜 拉：(音调有些变化,固执地,)我不要回家!我不要回家！我要到霍勒太太家，到水池里去。爸爸，让我去吧。呸，真难闻！你又喝酒了！——仔细听，森林里的沙沙声！今天早晨狂风把一棵树从山上吹倒下来了。希望不要着火！要是裁缝包里没有装块石头，手里没有拿着熨斗，狂风会把他刮跑的！听！狂风暴雨！

（女护理玛尔塔修女走进来。）

戈特瓦尔特：晚上好，玛尔塔女士。

（玛尔塔点头。戈特瓦尔特走到玛尔塔旁边，她已经做好护理准备，他们两个在背景里说话。）

汉娜拉：妈妈在哪里？在天国吗？啊，那么远！

（汉娜拉睁开双眼，看了看四周，感觉很陌生。她揉揉眼睛，说话的声音几乎都听不到。）我……现在……在哪里？

瓦赫勒医生：（弯腰到她身边。）在善良的人家里。

汉娜拉：我很渴。

瓦赫勒医生：端杯水来。（赛德尔又点了一支蜡烛，去取水。）你现在哪里痛？（汉娜拉摇摇头。）都不痛了？那好，我们会让你慢慢好起来的。

汉娜拉：您是医生吗？

瓦赫勒医生：我是医生。

汉娜拉：我病了吗？

瓦赫勒医生：有点，不过不太严重。

汉娜拉：您能让我恢复健康吗？

瓦赫勒医生：（快速检查她的身体。）这里痛吗？那边呢？这边是不是也痛？这里呢？这里呢？你不需要这样瞪着我，别怕，我不会弄疼你的。这里怎么样？疼吗？

戈特瓦尔特：（再次走到床边。）汉娜拉，赶紧回答医生的问题！

汉 娜 拉：（发自内心地请求，颤抖的声音里含着泪水。）啊，亲爱的戈特瓦尔特先生！

戈特瓦尔特：现在只需要听着医生的问话，然后好好回答。

（汉娜拉摇摇头。）

戈特瓦尔特：为什么不听话？

汉 娜 拉：因为……因为……我想去找妈妈！

戈特瓦尔特：（非常感动，抚摸着她的头发。）先看好病。

（短暂的停顿。医生站起来深呼吸，思考了一会儿。玛尔塔修女从桌子上将第二盏灯拿过来，照亮这边。）

瓦赫勒医生：（示意玛尔塔修女。）这里，玛尔塔！（他和玛尔塔一起来到桌旁，轻声告诉她注意事项。戈特瓦尔特拿起帽子站在一旁等待，一会儿看看汉娜拉，一会儿看看医生和玛尔塔。瓦赫勒医生结束了与玛尔塔的轻声交谈。）我会再过来的。另外我把药品送过来。（对戈特瓦尔特，）据说他在施瓦特酒馆里被抓住了。

玛尔塔修女：我也听说了。

瓦赫勒医生：（穿起皮大衣。对赛德尔，）您和我一起去药店。

（医生、戈特瓦尔特和赛德尔与玛尔塔修女轻声告别。）

戈特瓦尔特：（急切地，）医生，您认为她现在情况如何？（三人同下。现在只剩下玛尔塔与汉娜拉。她往碗里倒了牛奶。在此期间，汉娜拉睁开了双眼，注视着她。）

汉　娜　拉：你是从基督那里来的吗？
玛尔塔修女：你说什么？
汉　娜　拉：你是不是从基督那里来的？
玛尔塔修女：汉娜拉，你难道不认识我了吗？我是玛尔塔修女。你不记得你以前来过我家吗？我们一起祈祷，一起唱美丽的歌曲。不是吗？
汉　娜　拉：（快乐地点头。）啊，美丽的歌曲！
玛尔塔修女：以上帝的名义，我现在来照顾你，直到你恢复健康。
汉　娜　拉：我不想恢复健康。
玛尔塔修女：（端了一碗牛奶给她。）医生说，你要喝杯牛奶，这样才能有力量。
汉　娜　拉：（拒绝。）我不想恢复健康。
玛尔塔修女：你不想恢复健康？你得好好考虑一下。过来，我来给你扎头发。（玛尔塔为她扎头发。）
汉　娜　拉：（轻声哭泣。）我不想恢复健康。
玛尔塔修女：为什么不想呢？
汉　娜　拉：我想……我渴望……去天国！
玛尔塔修女：好孩子，这不是我们的力量能够决定的。我们必须耐心等待，等待上帝召唤我们。当你为自己的罪过忏悔的时候……
汉　娜　拉：（急切地，）啊，修女姐姐！我已经忏悔！
玛尔塔修女：……而且相信耶稣基督……
汉　娜　拉：我对基督坚信不疑。
玛尔塔修女：……那你安心等待就好了。我来把你的枕头放好，

　　　　　　　你去睡觉。

汉　娜　拉：我睡不着。

玛尔塔修女：试一下。

汉　娜　拉：玛尔塔修女姐姐！

玛尔塔修女：嗯？

汉　娜　拉：玛尔塔修女姐姐！有没有罪过……是不能被原谅的？

玛尔塔修女：汉娜拉，现在睡吧！不要多想。

汉　娜　拉：请您跟我说，跟我说！

玛尔塔修女：有一些罪过。比如对抗基督的罪过。

汉　娜　拉：要是我犯了这样的罪过……

玛尔塔修女：不会的！只有极坏的人才会，像背叛基督的犹大。

汉　娜　拉：可是也有可能……有可能啊。

玛尔塔修女：你现在必须先睡觉。

汉　娜　拉：我非常害怕。

玛尔塔修女：你根本不用害怕。

汉　娜　拉：要是我犯了这样的罪过……

玛尔塔修女：你不会有这样的罪过。

汉　娜　拉：（紧紧抓住玛尔塔，眼睛盯着黑暗里。）啊，修女姐姐！修女姐姐！

玛尔塔修女：别说话。

汉　娜　拉：修女姐姐！

玛尔塔修女：怎么了？

汉　娜　拉：他马上要进来。你没听到吗？

玛尔塔修女：我什么也没听到。

汉 娜 拉：这是他的声音。在外面。仔细听！
玛尔塔修女：你指的是谁？
汉 娜 拉：爸爸，我的爸爸！——他站在那里。
玛尔塔修女：究竟在哪里？
汉 娜 拉：你看那里。
玛尔塔修女：哪里？
汉 娜 拉：床下侧的旁边。
玛尔塔修女：那里挂着一件外套和一顶帽子。我们马上把这两个难看的东西拿开，交给普莱施克伯父。我现在去把水拿过来，给你做个冷敷。你想自己待一会儿吗？安静地躺着，别说话。
汉 娜 拉：哎呀，我真傻。那就是个衣服和帽子，对吧？
玛尔塔修女：保持安静，我马上就回来。（她下。不过又转回来，因为走廊里漆黑一片。）**我把灯拿到走廊里。**（伸出手指，充满爱心地要求她安静躺下。）**别说话。**（下。）

（几乎完全黑下来。泥瓦匠玛特恩的形象马上就出现在汉娜拉的床脚边。一个酗酒过度的丑陋脸庞，蓬乱的红头发，上面戴着一顶破旧的军帽，徽章已经脱落。他把干泥瓦活的工具放在左手里，右手上缠着腰带。他一直保持身体紧绷绷的，好像随时都准备要揍汉娜拉。一道苍白的光芒出现在幽灵身上，照亮了汉娜拉床铺的四周。）

（汉娜拉恐惧至极，用手捂住双眼，将身体蜷缩起来，哀叹着发出呻吟的声音。）

幽 灵：（沙哑地，压抑的声音里包含着暴怒。）你在哪里？

孩子，你之前去过哪里了？你做了什么？我得给你个教训，我会证明给你看，你听着！你跟他们说什么了？说我天天打你，虐待你？这是真的吗？你不是我的孩子！站起来！你跟我没有任何关系。我该把你扔进臭水沟里去！……站起来，点亮灯。等会儿再做？我出于同情和善心才让你待在家里，你这个懒东西！现在不去？我非打死你……

（汉娜拉费力站起来，眼睛仍然紧闭着。她拖着身体走到炉边，打开门，然后晕倒在地上。）

（这时候玛尔塔修女拿着灯和一壶水走进来，玛特恩的幻象立即消失。她发现汉娜拉躺在地上，吓呆住，发出"耶稣！"的尖叫。将灯和水壶放在一旁，跑到汉娜拉身旁，将汉娜拉从地上扶起来。喊叫声将附近的其他居民引了过来。）

玛尔塔修女：我只是去拿点水，她自己就从床上走下来了。海德维希，您要帮帮我！

汉　　克：海特，你得注意点，不然会伤到她的。

普莱施克：我相信……一定有魔鬼对她做过什么坏事，玛尔塔修女！

图　尔　珀：这个孩子中邪了！

汉　　克：（大声地，）我说过多次了，她活不成了。

玛尔塔修女：（在海德维希的帮助下将汉娜拉放在床上。）您也许是对的，不过您看：我们不应该再刺激这个孩子了！

汉　　克：我们根本就不应该做这么多。

普莱施克：（对汉克，）你真的是个……恶棍……坏透了……

>　　　　　难道你不知道……一个病人……最需要的是……
>　　　　　安静……

海　　特：（模仿他，）一个病人……一个病人……

玛尔塔修女：我真的请求你们……

图　尔　珀：这个护理小姐说得对，你们应该出去。

汉　　克：我们想出去的时候，自然会出去。

海　　特：难道我应该睡在马厩里？

普莱施克：至于你……你会有地方住的。你知道你可以到哪里睡觉。

>　　（房间里的住户全都下。）

汉　娜　拉：（张开眼睛，恐惧地，）他走了吗？

玛尔塔修女：人们都走了。汉娜拉，你现在不怕了吧？

汉　娜　拉：（一直很害怕，）爸爸走了吗？

玛尔塔修女：他根本没来过这里。

汉　娜　拉：修女姐姐，他来过！

玛尔塔修女：这又是你做的梦。

汉　娜　拉：（深叹一口气，发自内心地祈求。）亲爱的耶稣！亲爱的耶稣！最美最好的耶稣：请把我带走吧！请把我带走吧！（改变声音。）
>　　　　　啊，当他到来，
>　　　　　啊，将我带去，
>　　　　　无人再能，
>　　　　　看见我。
>　　　　　修女姐姐，我真的非常确信……

玛尔塔修女：确信什么？

汉　娜　拉：他许诺我，我会去天国。

玛尔塔修女：呃。

汉　娜　拉：你知道是谁吗？

玛尔塔修女：谁啊？

汉　娜　拉：（秘密地对玛尔塔耳语。）亲爱的戈特瓦尔特先生！

玛尔塔修女：汉娜拉，现在去睡吧。先睡觉才是。

汉　娜　拉：修女姐姐，是吧？戈特瓦尔特老师是个非常漂亮的男人。他叫海因里希。对吧？海因里希是个美丽的名字。（衷心地，）亲爱的善良的海因里希！修女姐姐！你知道吗？等我长大了，我要嫁给他！对，我们俩：戈特瓦尔特老师和我。

当他们订婚的时候，

他们就会走到一起。

在洁白的床上。

在黑暗的房里。

他的络腮胡子真美。（陶醉状。）三叶草在他的头顶开花。——听！——他在喊我。你没听到吗？

玛尔塔修女：汉娜拉，睡吧。没人在说话。

汉　娜　拉：这是耶稣的声音。——听！听！现在他又叫我了：汉娜拉！——非常响亮：汉娜拉！非常清晰：过来，跟我一起走。

玛尔塔修女：如果上帝召唤我们，我们必定已经准备好。

汉　娜　拉：（现在再次被月光照亮，她伸伸头，就像在吸收甜美的香味。）修女姐姐，你没发现什么吗？

玛尔塔修女：没有，汉娜拉。

汉　娜　拉：丁香花的香味?（越来越沉迷，）听！仔细听！那是什么?（从远处传来一个甜蜜的声音。）是天使吗?你没听到吗?

玛尔塔修女：我确实听到了。不过你知道，你现在必须安静地躺在床上，一直睡到明天早晨。

汉　娜　拉：你也会唱歌吗?

玛尔塔修女：孩子，唱什么呢?

汉　娜　拉：《睡吧，孩子，睡吧!》这首歌。

玛尔塔修女：你想听吗?

汉　娜　拉：（躺回去，抚摸着玛尔塔的手。）妈妈，给我唱这首歌！妈妈，给我唱这首歌！

玛尔塔修女：（熄灯，弯下身来，靠近床边。她声音很轻，为歌曲的旋律做准备。远处的音乐一直继续传过来。）

　　　　　　睡吧，孩子，睡吧！
　　　　　　一只绵羊在公园里走……
　　　　　（她现在开始唱歌，天完全黑下来。）
　　　　　　一只羊羔在公园里走，
　　　　　　已是绿色的傍晚，
　　　　　　睡吧，孩子，睡吧！
　　　　　（曙光照亮了简陋的房屋。一个苍白的女幽灵坐在床沿，身体前倾，用瘦削的裸露着的胳膊撑着自己。她光着双脚，白色的长头发散开着，从太阳穴一直垂到被单上。她神情憔悴，形容枯槁。深陷进去的双眼虽然紧闭着，但是似乎都一直在看着安睡的汉娜拉。她的声音很单调，就像人在睡梦中说话。

在她说话之前，先动了动嘴唇，似乎在做准备。她好像在费力地从胸口深处把声音拉出来。她看起来过早地苍老，脸颊中空，人很消瘦，穿着破衣服。）

女　幽　灵：汉娜拉！

汉　娜　拉：（同样紧闭双眼。）妈妈，亲爱的妈妈，是你吗？

女　幽　灵：是的。我已经用我的眼泪为亲爱的耶稣洗过脚，也用我的头发擦干他的脚。

汉　娜　拉：你是给我带来好消息吗？

女　幽　灵：是的。

汉　娜　拉：你是从很远的地方来的吗？

女　幽　灵：我是从非常遥远的地方连夜赶来的。

汉　娜　拉：妈妈，你看起来怎么样？

女　幽　灵：就像世界上的孩子们一样。

汉　娜　拉：你的颚上长着铃兰花。你的声音真好听。

女　幽　灵：这不是真正的铃声。

汉　娜　拉：亲爱的妈妈，你发出的光芒真美。

女　幽　灵：天国里的天使们比我更美一千倍。

汉　娜　拉：为什么你没有他们那么美丽呢？

女　幽　灵：我为你忧心。

汉　娜　拉：妈妈，别走开。

女　幽　灵：（起身。）我得走了。

汉　娜　拉：你那里漂亮吗？

女　幽　灵：那里是很宽的谷地，在上帝的保护下，风雨冰雹都不怕。

汉　娜　拉：累的时候能够休息吗？

女　幽　灵：可以。

汉　娜　拉：饿的时候有食物可以吃吗？

女　幽　灵：饿的时候可以吃水果和肉，渴的时候有美酒。（后退。）

汉　娜　拉：妈妈，你现在要离开吗？

女　幽　灵：上帝在召唤我。

汉　娜　拉：上帝召唤你的声音大吗？

女　幽　灵：上帝用很大的声音在召唤我。

汉　娜　拉：妈妈，我整个的心都烧成灰烬了！

女　幽　灵：上帝会用玫瑰和百合抚平你的心灵的。

汉　娜　拉：上帝会拯救我吗？

女　幽　灵：你认得我手里拿着的花吗？

汉　娜　拉：樱草花，天国的钥匙！

女　幽　灵：（将花放在汉娜拉的手里。）你好好保存，这是上帝的信物，再见！

汉　娜　拉：妈妈，不要离开我！

女　幽　灵：（后退。）有一段时间，你将见不到我。不过一会儿，你会再次见到我。

汉　娜　拉：我害怕。

女　幽　灵：（继续后退。）高山上的雪会被风吹散，上帝也会注意着你的痛苦。

汉　娜　拉：不要走开。

女　幽　灵：天国里的孩子就像夜里的蓝色闪电，睡吧！

（又渐渐变得昏暗。可以听到一群可爱的男孩子的声音，他们在唱《睡吧，孩子，睡吧！》这首歌曲的第二节。)

睡吧，孩子，安心睡吧。

陌生的客人会到来……

（一道金绿色的光芒突然照亮了房间。三个明亮的天使出现，他们头上戴着玫瑰花环，都是漂亮的长着翅膀的小天使。他们从两侧降下来，开始唱最后一节。女护士和女幽灵都看不到了。）

客人们已经到来，

都是可爱的天使。

睡吧，孩子，睡吧！

汉 娜 拉：（睁开双眼，痴痴地望着天使们。惊讶地说，）天使？（惊喜越来越强烈，不过仍有疑虑。）天使！（极度开心状，）天使！！！

（短暂地停顿了一小会儿。天使们随着音乐一个接一个地唱着。）

第一个天使：阳光照在山丘上，

它的金黄却不与你分享；

树木飘在山谷里，

它的绿色却不为你展开。

第二个天使：金色的果实熟在田野里，

却管不了你的饥饿；

牧场奶牛挤出的牛奶多，

　　　　　　　却进不了你的杯子里。

第三个天使：地上的花儿处处有，
　　　　　　　芳香甜美人人闻；
　　　　　　　天蓝色与紫色满地是，
　　　　　　　却开不到你的路旁去。
　　　　　　（短暂的停顿。）

第一个天使：我们穿过黑暗，
　　　　　　　带来第一次的问候话语；
　　　　　　　我们的翅膀上，
　　　　　　　带来第一次的幸福气息。

第二个天使：我们衣服的镶边上，
　　　　　　　带来春天的第一股芳香；
　　　　　　　我们的唇边
　　　　　　　带来白天的第一道朝霞。

第三个天使：我们家乡的绿色光芒，
　　　　　　　从我们的脚上照亮；
　　　　　　　永恒之城的城垛
　　　　　　　在我们的眼皮下闪烁。

第二幕

（场景同天使出现之前的上一幕。教会女护士坐在汉娜拉睡着的床旁。她重新点着蜡烛，汉娜拉睁开双眼。她的面容仍可以看出来自天国的幸福，内心一直表现在脸上。她刚认出护士玛尔塔，非常开心，急切地开始说话。）

汉　娜　拉：修女姐姐！天使！修女姐姐，天使……修女姐姐知道刚才来的是谁吗？

玛尔塔修女：哎呀，你又醒了！

汉　娜　拉：您猜一下！嗯？（抑制不住地）天使！天使！真的是天使！来自天国的天使，修女姐姐！你要知道，他们都是有很长的翅膀的天使。

玛尔塔修女：呃，要是你刚做了这样一个美梦的话……

汉　娜　拉：啊！你说，我刚才是做梦？那这是什么？你看看这个东西。（她做了个动作，似乎她手里拿有一束花，在给玛尔塔看。）

玛尔塔修女：这是什么？

汉　娜　拉：你自己看看。

玛尔塔修女：哦。

汉　娜　拉：在这里，你看看。

玛尔塔修女：啊！

汉　娜　拉：给你。

玛尔塔修女：（做个动作，似乎在闻花的香味。）真漂亮。

汉　娜　拉：修女姐姐小心些，别把它给弄坏了。

玛尔塔修女：对不起。这到底是什么东西？
汉 娜 拉：樱草花，天国的钥匙！你不认识吗？
玛尔塔修女：原来如此！
汉 娜 拉：你得……把灯拿过来，快点！
玛尔塔修女：（用灯照亮。）我现在看清楚了。
汉 娜 拉：真的吗？
玛尔塔修女：你说太多话了。我们得保持安静，不然医生会责备我们。他已经把药送过来，我们必须老老实实吃药。
汉 娜 拉：修女姐姐！您担心太多了。您根本不知道刚才所发生的事情。如果你知道的话，你说说看。刚才是谁把这束名为天国的钥匙的花朵送给我的？究竟是谁？这束花要做什么用？噢？
玛尔塔修女：明天早晨你再跟我说这些。到那时候等你休息好，身体恢复健康，精力充沛……
汉 娜 拉：我现在很健康。（她坐起来，脚踩在地面上。）你看，我已经好了，修女姐姐！
玛尔塔修女：汉娜拉！你不能这样做，你身体还没有好。
汉 娜 拉：（站起来，对玛尔塔做了拒绝的手势，走了几步。）你让我一个人就可以，一个人就好了。我现在必须离开。（惊慌地看着一个地方。）啊，天国的基督！
（一个长有黑色翅膀，穿着黑色衣服的天使出现。他高大、强壮又漂亮，手握一把波形的长剑，剑柄被黑色的面纱缠绕。他坐在炉旁，一脸严肃，目不转睛，默默地看着汉娜拉。一道梦幻般的白色光芒填满了房屋。)

汉　娜　拉：你是谁?(没有应答。)你是天使吗?(没有应答。)你是到我这里来吗?(没有应答。)我是汉娜拉·玛特恩,你是来找我的吗?(没有应答。玛尔塔女护理双手合十,谦卑而虔诚地站在旁边。她这时慢慢地走出去。)

汉　娜　拉：是上帝不让你说话吗?(没有应答。)你是从上帝那里过来的吗?(没有应答。)你是我的朋友还是敌人?(没有应答。)你的衣服的褶皱里是一把剑吗?(没有应答。)喔唷,我好冷,刺骨的严寒从你的翅膀那里吹过来,你身上散发出冷气。(没有应答。)你是谁?(没有应答,突如其来的恐惧朝她袭来。她大喊一声转过身去,好像后面有一个人。)妈妈!妈妈!(一个人走进来,她身穿女护理的服装,但是比玛尔塔更年轻漂亮,身上有长长的白色翅膀。汉娜拉往她那里跑去,抓住她的手。)妈妈!妈妈!那边有个人。

女　护　理：哪里?

汉　娜　拉：就在那里。

女　护　理：你为什么抖得这么厉害?

汉　娜　拉：我害怕。

女　护　理：别怕,我在你身边。

汉　娜　拉：我怕得牙齿直打战,我停不下来。他太可怕了。

女　护　理：别怕,他是你的朋友。

汉　娜　拉：妈妈,他是谁?

女　护　理：你不认识他吗？

汉　娜　拉：他是谁？

女　护　理：死神。

汉　娜　拉：他是死神！（汉娜拉一声不吭地看了一会儿那个黑色天使，充满畏惧。）必定要如此吗？

女　护　理：汉娜拉，死亡是入口。

汉　娜　拉：每个人都要经过这个入口吗？

女　护　理：每个人。

汉　娜　拉：你会对我很严厉吗，死神？——他不说话。我跟他说每句话，他都不回答，妈妈！

女　护　理：上帝的话语在你的心里非常响亮。

汉　娜　拉：我常常在心里看到你。可是现在我一直很害怕。

女　护　理：你要做好准备。

汉　娜　拉：做好准备去死？

女　护　理：对。

汉　娜　拉：（停了一会儿，然后胆怯地说，）我会被扯破，穿着烂衣服躺在棺材里吗？

女　护　理：上帝会为你着衣的。

　　　　　　（她拿出一个小银铃，摇了一下。马上就有一个矮小又驼背的乡村裁缝，就像后面所有出场的人一样，无声地走过来。他怀里抱着一件新娘穿的衣服，一条面纱和一个花环，手里拿着一双水晶拖鞋。他摇摇晃晃地走过来，滑稽可笑，先到天使和女护理面前鞠躬，最后到汉娜拉面前再深深鞠一躬。）

乡村裁缝：（一直鞠躬。）年轻的约翰娜·凯瑟琳娜·玛特恩小姐。（他清清嗓子。）承蒙看得起，伯爵殿下已经赏脸在我这里预订了新娘的衣服。

女 护 理：（从裁缝手里拿过裙子，给汉娜拉穿上。）汉娜拉，过来，我给你穿上。

汉 娜 拉：（愉悦地，）哎呀，它摸起来沙沙响。

女 护 理：汉娜拉，这是白色的丝绸。

汉 娜 拉：（非常开心，往下看。）如果我穿戴这么美丽躺进棺材里，人们会非常吃惊的。

乡村裁缝：年轻的约翰娜·凯瑟琳娜·玛特恩小姐。（他清清嗓子。）全村里都充满了……（他清清嗓子。）你的死亡给你带来的巨大幸福，汉娜拉小姐。（他清清嗓子。）伯爵殿下，（他清清嗓子。）刚来过行政长官家……

女 护 理：（给汉娜拉戴上花环。）天国的新娘，现在低一下头！

汉 娜 拉：（陶醉在孩子般的喜悦里，很激动。）修女姐姐，你知道，我很期待死亡……（突然怀疑她是否为玛尔塔。）你是玛尔塔吗？

女 护 理：我是。

汉 娜 拉：你是玛尔塔修女姐姐？你不是！你是我的妈妈吗？

女 护 理：我是。

汉 娜 拉：你两个人都是？

女 护 理：在上帝那里，天国的孩子都是一个。

乡村裁缝：要是现在可以的话，汉娜拉公主。（他弯下腰把拖鞋放在脚前。）这是这个国土上最小的鞋子。他们的脚都太大：海德维希，阿格尼斯，莉瑟，玛尔塔，敏娜，安娜，凯特，格利特。（他为她穿上拖鞋。）很合适，非常合脚！我们找到了新娘！汉娜拉小姐的脚最小。如果您需要我为您做其他事情，请交代我！我是您的仆人！（彬彬有礼地下。）

汉　娜　拉：妈妈，我几乎等不及了。
女　护　理：现在你不需要再吃药。
汉　娜　拉：是的。
女　护　理：汉娜拉，你马上就会康复，像河里的蛙鱼一样活蹦乱跳。
汉　娜　拉：嗯！
女　护　理：现在过来，躺在床上。（她抓住汉娜拉的手，轻轻地把她带到床旁。汉娜拉躺到床上去。）
汉　娜　拉：我马上就能够体验到，死亡究竟是怎么一回事。
女　护　理：马上就可以，汉娜拉！
汉　娜　拉：（正面朝上躺着，手里似乎有朵花。）我有一个信物。
女　护　理：你把它紧贴在胸前。
汉　娜　拉：（恐惧再次袭来，畏缩着往那个天使看过去）必须这样做吗？
女　护　理：必须。
　　　　　　（从远处传来葬礼进行曲的声音。）
汉　娜　拉：（仔细倾听。）现在塞弗里德师傅和乐师们开始吹奏，宣布葬礼开始。（天使站起来。）现在他站起来了。（外面的暴风雨愈来愈急。天使已经站起来，

　　　　　　正在严肃地慢慢地往汉娜拉走去。）**现在他在向我走过来。啊修女姐姐！姐姐，妈妈！我现在看不到你了。你究竟在哪里啊?**（对天使祈求。）**快点，你这个不说话的黑色天使!**（就像在梦魇之下呻吟。）**就像有石头——压在我的身上。**（天使慢慢地拔出他的宽剑。）**他想——杀死我!**（极度恐惧。）**修女姐姐救我!**

女　护　理：（迈着庄严的步伐走到天使和汉娜拉之间，将双手放在汉娜拉的心上面保护她。她用高傲、庄重而强有力的声音开始说话。）**他不敢。我将神圣的双手放在你的心上。**

　　　　　　（黑色的天使消失。一片静寂。女护理双手合十，微笑着温柔地俯视汉娜拉，之后陷入沉思，嘴唇在动，她在无声地祈祷。在此期间，外面的丧礼进行曲并未中断。许多小心翼翼的踢踢踏踏脚步声传过来。教师戈特瓦尔特出现在门中间，葬礼进行曲戛然而止。戈特瓦尔特穿着漆黑的衣服就像是参加葬礼，手里拿着一束风铃草。他充满敬畏，取下头上的大礼帽。一脚刚踏进来，便转过身去，向后面的人做了一个要求安静的手势。人们这时可以看到后面有一群他的学生：男生和女生都穿着他们最好的衣服。看到老师的手势，他们中断了低声细语，非常安静。他们不敢踏过门槛。戈特瓦尔特神情庄重，慢慢走近一直在祈祷的女护理。）

戈特瓦尔特：（声音很轻。）**玛尔塔女士，您好!**

女　护　理：戈特瓦尔特先生，您好！

戈特瓦尔特：（伤心地摇着头，看着汉娜拉。）可怜的孩子。

女　护　理：戈特瓦尔特先生，为什么您如此伤心？

戈特瓦尔特：因为她已经死去。

女　护　理：为此我们不应该感到难过。她已经得到平静，我也乐于看到这一点。

戈特瓦尔特：（叹气。）是的，她已经得到平静。她从苦难和伤心之中解放出来。

女　护　理：（沉迷在此情此景之中。）她现在躺在这儿，很美。

戈特瓦尔特：是的，很美。死亡让她第一次打扮得如此美丽。

女　护　理：因为她很虔诚，所以上帝让她如此美丽。

戈特瓦尔特：是的，她很虔诚，也很善良。（沉重地叹口气，打开赞美诗，忧郁地往汉娜拉那边看过去。）

女　护　理：（往赞美诗那本书望去。）我们不应抱怨，要有耐心。

戈特瓦尔特：唉，对我来说很难。

女　护　理：因为她获得救赎吗？

戈特瓦尔特：因为我的两朵花枯萎了。

女　护　理：在哪里？

戈特瓦尔特：我放在书里的两朵紫罗兰。它们很像亲爱的汉娜拉的眼睛。

女　护　理：在上帝的天国里，它们开得更美。

戈特瓦尔特：啊，上帝，我们还要走多久，才能逃脱这人世阴霾的苦海？（声音突然有点改变，迅速又一本正经地，拿出赞美诗。）您觉得呢？我想我们先在家唱《耶稣，我的指引》这首赞美诗。

女　护　理：好的，这首诗很美，汉娜拉生前是一个非常虔诚的孩子。

戈特瓦尔特：我们出去在教堂里再唱《让我走吧》。（他转过身，往他的学生那里走去，说，）第62首赞美诗：《让我走吧》。（他调音打拍子。）让我走吧，让我走吧，我想看到耶稣，（孩子们轻声地一起唱。）孩子们，你们穿得暖和吗？外面很冷，都进来再看一眼可怜的汉娜拉。（学生们拥进来，庄重地围着床边站着。）你们看一下，死亡让这个可爱的小女孩变得多么美丽。她生前穿着破衣服，现在穿着丝绸做的衣服。她生前光着脚丫乱跑，现在她穿着水晶鞋。她马上就要住到金色宫殿里去，整天都能吃到烤肉，不必忍饥挨饿，而在我们这里却只能吃到冰冷的土豆。以前你们一直叫她穿着破衣服的公主，她马上就会变成一位真正的公主了。谁若是现在想请求她的原谅，就赶紧说。不然她会告诉敬爱的上帝，到时候你们都会不好过的。

一个年轻的学生：（略微往前走一点。）亲爱的汉娜拉公主，请不要生我的气。不要跟上帝说我一直喊你穿着破衣服的公主。

所有的孩子：（混乱地，）请你原谅我们大家。

戈特瓦尔特：可怜的汉娜拉已经原谅你们了。现在到那间房里去，在外面等我。

女　护　理：你们随我来，我带你们到那个小屋去。我到那边会告诉你们该做什么,如果你们也想像汉娜拉那样以后变成这么美丽的天使。(她出去,孩子们跟在其后,门关上。)

戈特瓦尔特:(一个人在汉娜拉身边。心里很激动,将花放在她的脚边。)亲爱的汉娜拉,我带来了一束美丽的风铃草。(跪在床边,声音有些发抖。)在你的幸福国度里不要把我忘记。(他啜泣着,将衣服压在额头上。)因为与你分开,我的心快要碎掉!

(传来说话声。戈特瓦尔特起身,用一块布盖住汉娜拉。这时两个上了年纪的妇女匆匆走进来,穿着葬礼上的衣服,手里拿着一块桌布和一本黄色切边的赞美诗。)

第一个妇女:(四处看看。)我是第一个进来的吗?

第二个妇女:你不是,戈特瓦尔特老师已经进来了。您好,戈特瓦尔特先生!

戈特瓦尔特:您好。

第一个妇女:戈特瓦尔特先生,您太难过了。她确实是一个非常善良的孩子,一直很勤奋。

第二个妇女:人们不是说……难道不是吗?她是自杀的吗?

第三个妇女:(这时出现。)这是违背基督教义的罪过。

第二个妇女:是的,这是罪过。

第三个妇女:牧师先生说过,这样的罪过是不能被原谅的。

戈特瓦尔特:你们难道不记得基督的话吗?"让小孩到我这里来"[1]。

---

1 参见《圣经·新约·马太福音》第19章:"耶稣说,让小孩子到我这里来,不要禁止他们。因为在天国的,正是这样的人。"

第四个妇女：（已经走进来。）大家好，这该死的天气，都差点把人冻僵掉！希望牧师不要让我们在教区的墓地里待太久，那里的雪有一英尺那么深。

第五个妇女：（进来。）大家好，牧师不会为她祈祷的，他不愿意在这神圣的地方给她留一个位置。

普莱施克：（进来。）你们听说了吗？一个正派的先生刚去过牧师那里，他说，汉娜拉·玛特恩是一个圣女！

汉　　克：（匆忙走进来。）他们给她抬过来一个水晶棺材。

许多声音：水晶棺材！水晶棺材！

汉　　克：哦，耶稣！这一定价值连城！

许多声音：水晶棺材！水晶棺材！

赛　德　尔：（已经走进来。）我们这里发生了一件非常奇特的事情。一个天使来到我们这个村子，他们说像一个柱子那么大。在施密特家里有更多，不过就像小孩子那么小。这个小女孩现在不再像个一直乞讨的孩子了。

许多声音：这个小女孩不再像个一直乞讨的孩子了。他们为她准备了水晶棺材！一个天使来到了我们这个村子里。

（四个穿着白色衣服的年轻小伙子抬进来一个水晶棺材，放在汉娜拉床边。哀悼的人们对此很吃惊，也很好奇，他们低声说话。）

戈特瓦尔特：（将盖在汉娜拉身上的布揭开一点点。）你们再看一下汉娜拉。

第一个妇女：（好奇地斜视着汉娜拉。）她的头发金光闪闪。

戈特瓦尔特：（将布从汉娜拉身上完全拿掉，白色的光芒倾泻在汉娜拉身上。）衣服是丝绸做的，鞋子是水晶做的。

（众人都发出惊叫声，像眩晕一般，往后退。）

许多声音：啊，太美了！她是谁？汉娜拉·玛特恩，这真的是汉娜拉·玛特恩吗？实在难以置信。

普莱施克：这个孩子……这个孩子是位圣女。

（四个小伙子小心翼翼地将汉娜拉轻轻放进棺材里。）

汉　　克：据说她根本不会被埋葬。

第一个妇女：人们会把她放在教堂里。

第二个妇女：我觉得她根本没有死。她看起来跟活人一模一样。

普莱施克：给我……一根……绒毛……我来放在她的嘴边……看看是否还活着……（有人给他递过来一根绒毛，他拿着放在汉娜拉的嘴角检查一下。）她一点也不动，这孩子已经死去，身上没有生命迹象了。

第三个妇女：我把这束迷迭香送给她。（她将迷迭香放进棺材里。）

第四个妇女：我送她一束薰衣草。

第五个妇女：玛特恩在哪里？

第一个妇女：玛特恩在哪里？

第二个妇女：他坐在那边的酒馆里。

第一个妇女：他根本不知道这边发生的事情。

第二个妇女：他喝酒的时候，其他的都抛之脑后。

普莱施克：不是有人跟他说，家里死人了吗？

第三个妇女：那或许他已经知道了。

第四个妇女：我绝不是谴责任何人！但是他杀死了自己的孩子，不应该对此一无所知！

赛 德 尔：我也是这么想的，全村人都是这么想的。她身上有块肿起来的疙瘩，有我的拳头那么大。

第五个妇女：魔鬼过境，寸草不生！

赛 德 尔：我把她抱到床上的时候，就看到了那个肿块。跟我的拳头一样大！这才导致了她去跳湖。

第一个妇女：除了玛特恩，不会是别人干的。

所 有 人：（很激动，相互之间耳语。）不会是别人！

第二个妇女：他是谋杀犯！

所 有 人：（愤怒，不过秘密地，）谋杀犯！谋杀犯！

（人们这时候可以听见微醉的泥瓦匠玛特恩怪声大叫。）

玛特恩的声音：问心无愧——睡得——安稳！（他出现在门口，大声喊叫。）汉娜拉！汉娜拉！该死的孩子！你跑哪里去了？（他懒洋洋地靠在门框的柱子上。）我只数到……五……就不会再等你了！一……二……三……一……该死的东西！我跟你说，不要惹恼我。等我找到你，我非打断你的胳膊！

（发现里面这么多人，他们都一声不吭。非常震惊。）你们来这儿做什么？（没人回答。）你们怎么到我这里的？魔鬼把你们送过来的啊？你们赶紧出去。等会儿再走？（他暗自发笑。）你们待在这里，我认识你们。不要哄我。（他开始唱歌。）问心无愧……睡得安稳……（惊恐。）你们一直都在这里？（突然发怒，想找个东西赶他们走。）等我找个东西……

（一个披着破旧的褐色披肩的男人走进来。他30岁上下，一头长长的黑发，脸色苍白，面容颇似教师戈特瓦尔特。左手拿着一个宽边软泥帽，脚上穿着凉鞋。他风尘仆仆，一路走来筋疲力尽。玛特恩不再说话，将手轻轻放在他的胳膊上，摸了摸他。玛特恩突然转过身去。）

陌　生　人：（神色宁静，严肃地看着他，谦卑地说，）玛特恩先生，您好！

玛　特　恩：你怎么来这里了？你想干什么？

陌　生　人：（谦卑地请求，）我的脚都磨出血来了，给我点水洗洗脚。太阳把我晒干掉了，给我点酒解解渴。自从早晨出发到现在我都没吃过东西，我快饿死了！

玛　特　恩：这跟我有什么关系！谁让你在外面晃荡！你得自己去工作养活自己。我也是如此。

陌　生　人：我是在工作。

玛　特　恩：你是个流浪汉。你要是工作，就不用来乞讨。

陌　生　人：我的工作没有报酬。

玛　特　恩：你是个流浪汉。

陌　生　人：（胆怯，卑躬屈膝，不过也很急。）我是个医生，你也许会需要我的帮助。

玛　特　恩：我又没病，才不去看医生呢！

陌　生　人：（声音颤抖，动情地，）玛特恩，你仔细想想！你不需要给我水喝，不过我还是会治愈你。你不需要给我面包吃，不过我还是会让你恢复健康。上帝为证！

玛　特　恩：你说完的话，就继续上路！我骨骼康健，根本不需要医生！你不懂吗？

陌　生　人：玛特恩，你仔细想想！我会给你洗脚。我会给你酒喝。我会给你甜面包吃。纵使你把脚放在我头上，我仍然会治愈你。上帝为证！

玛　特　恩：我真想看看，你到底走不走！我都跟你说了这么多，你如果没得到……

陌　生　人：（郑重提醒，）玛特恩，你知道在这间屋里你有什么吗？

玛　特　恩：全部的东西都是我的。全部的，除了你。赶紧走吧！

陌　生　人：（直接说，）你的女儿病了。

玛　特　恩：她病了也不需要医生。她根本没病，就是懒惰！我自己就能治好这病。

陌　生　人：（庄重地，）玛特恩，我来给你带个信。

玛　特　恩：谁让你带个信给我？

陌　生　人：我从天父那里过来，我也要回到那里。你把他的孩子放在哪里了？

玛　特　恩：我不知道她跑到哪里去了。他的孩子跟我有什么关系！他根本不用操心。

陌　生　人：（坚定地，）你的家里有一具尸体。

玛　特　恩：（注意到躺在那边的汉娜拉，身体僵硬地跑到棺材旁，一声不吭，往里看，然后嘟哝着，）**谁给她买的这么漂亮的衣服和水晶棺材？**

（哀悼的人们颇为激动，相互低声说话。可以听到人们多次愤怒地说出一个词：杀人犯！）

玛　特　恩：（轻声地祈祷，）我从未虐待过你，一直让你穿得暖，吃得饱。（无耻地朝陌生人走去，）你想从我这里得到什么？这件事跟我有什么关系！

陌 生 人：玛特恩，你有什么要跟我说的吗？

（哀悼的人群中低语声愈来愈响，一直无比愤怒，常常能听到人们喊："杀人犯！杀人犯！"）

陌 生 人：你难道没有什么要忏悔的吗？你难道不是夜里总把她从睡梦里扯出来吗？她不总是在你的拳头下面瘫倒在地，就跟死了一样吗？

玛 特 恩：（惊呆，失神。）那就打死我，如果我这么做过的话。就在这儿！如果我对此有罪，就让闪电劈死我！

（微弱的蓝色闪电，远处传来雷鸣声。）

所 有 人：（乱作一团。）暴风雨来了！在冬天也会电闪雷鸣？他发的假誓应验了！这个谋杀孩子的父亲的假誓应验了！

陌 生 人：（恳切地，）玛特恩，你难道真的没有什么要向我忏悔的吗？

玛 特 恩：（非常恐惧地，）谁若是真正疼爱自己的孩子，才会惩罚她让她学好。我从未对这个孩子做过不好的事情，我把她视作自己的亲生女儿。只有她做错事情的时候，我才会惩罚她。

那些妇女：（朝他走来。）杀人犯！杀人犯！杀人犯！杀人犯！

玛 特 恩：她总跟我撒谎，欺骗我，还偷我的东西。天天都这样。

陌 生 人：你说的是实话吗？

玛　特　恩：上帝惩罚我，如果我说的……

（就在这一刻，汉娜拉合十的双手里出现了一朵樱草花，发出黄绿色的光芒。玛特恩看见这种情景呆住了，浑身颤抖。）

陌　生　人：玛特恩，你撒谎了。

所　有　人：（极为激动，相互之间说着，）神迹！神迹！

普　莱　施　克：这个孩子是个圣女！你的假誓应验了！

玛　特　恩：（吼叫。）我自己吊死自己！（双手按住太阳穴下。）

陌　生　人：（他走到汉娜拉的棺材前，转过身来对屋里的人们说话。人们充满敬畏，在他站在那里说话的高大形象面前全部往后退。）你们不要怕。（他弯下腰，抓住汉娜拉的手，好像在检查她，他温和地说，）这个孩子没有死，——她只是睡着了。（用发自内心的巨大力量，）约翰娜·玛特恩，起来吧！

（一道明亮的金绿色的光芒充满整个房间。汉娜拉睁开了眼睛，扶着陌生人的手起身，不敢看他的脸庞。她从棺材里出来，马上就跪在陌生人的面前。恐惧攫住了所有的人。他们逃开，现在只剩下汉娜拉与陌生人。灰色的外衣从他的肩膀上滑落，他站在那里，衣服发出金灿灿的白色光芒。）

陌　生　人：（声音真诚而柔和，）汉娜拉。

汉　娜　拉：（极度幸福的表情，头低得尽可能低。）是他。

陌　生　人：我是谁？

汉　娜　拉：你是你。

陌　生　人：说出我的名字。

汉　娜　拉：（声音有些颤抖，敬畏地说，）圣灵！基督！
陌　生　人：我明白你所有的痛苦与忧伤。
汉　娜　拉：你是亲爱的……
陌　生　人：站起来。
汉　娜　拉：你的衣服完美无瑕。我却饱含屈辱。
陌　生　人：（将左手放在汉娜拉的头顶。）我会把所有的屈辱都从你身上带走。（在他用温柔的力量托起她的脸庞后，摸了一下她的眼睛。）我将永恒之光赋予你的眼睛，你的心里将永远充满阳光。你的身上光亮不灭，从黄昏到黎明，从黎明到黄昏。所有发光的东西都会照亮你：蓝色的大海，蓝色的天空，绿色的草原，永远永远。（他摸了一下她的眼睛。）我赋予你的眼睛，从此可以听到天国里无数天使的所有快乐。（他摸了一下她的嘴巴。）我解开你的打结的舌头，把你的灵魂、我的灵魂、至高无上的上帝的灵魂都放在上面。

（汉娜拉整个身体都在动，试图站起来。她陶醉在极大的喜悦里没能站起来。她趴到陌生人的怀里，感动地流着眼泪，啜泣着。）

陌　生　人：我用你的眼泪，来为你的灵魂洗去世上的灰尘与痛苦。我要把你的双脚放在上帝的星星之上。

（随着柔和的乐曲，陌生人用手抚摸着汉娜拉的头顶，说出如下的话。在他说的时候，许多天使的形象出现在门口，有大有小，有男孩有女孩。他们羞怯地站在那里，大胆走进来，摇着发出香烟的桶，用地毯和鲜花装饰整个房间。)

陌　生　人：天国是一个极美的地方，

平和快乐永无终点。

(竖琴声响起，开始轻轻地，最后很响亮，充满整个房间。)

那里的房子由花岗石砌成，

那里的屋顶是黄金做的。

红葡萄酒在银色闪闪的井里滚动，

鲜花撒在白色的大街上，

塔里传来永恒的婚礼之声。

山顶是 5 月的绿色，玫瑰花环装扮上面。

春天的阳光照射四周，

蝴蝶在上面翩翩起舞。

12 只乳白色的天鹅，

远远地围着它飞翔。

在天国飘香的空中，

它们勇敢地往上飞，

羽毛飘动，发出震颤的音响。

它们飞出永恒的壮丽轨道，

翅膀在空中发出竖琴一般的鸣响。

它们望向锡安，望向花园与大海，

绿色的面纱放在身后。

在下面它们手拉手漫步：

欢乐的人类穿过上帝的国度。

宽广的大海充满了红色的美酒，

它们闪闪发光的身体潜入水里。
它们潜入浪花里,走进光泽中。
明亮的紫色完全淹没了它们。
在耶稣的血液里,它们长大。
(陌生人此刻转向已经做完工作的天使。他们带着羞怯的快乐和幸福走上来,围着陌生人和汉娜拉组成一个半圆。)
天国的孩子们,把最纤细的亚麻布拿过来!
亲爱的小斑鸠们,都走到这里来!
裹住这个虚弱的身体,
不要被严寒冻得发抖,
不要被火热烤得焦干,
轻轻地,且莫弄痛她。
带着她,不要拍弄翅膀,
轻轻拂过草地上茂盛的草茎,
热切地穿过柔和的月光……
穿过天国的芳香与馥郁,
直到幸福的凉意将她围住。
(短暂的停顿。)
趁着她躺在丝织的床上之时,
将山上的溪水、紫葡萄酒
和羚羊的奶汁混合在一起。
从含苞待放的花枝上摘下花蕾,
丁香与茉莉,在夜晚的露水下沉沉挂着。
它们的水滴晶莹剔透,润湿了树枝。

让薄雾一样的清新水气洒落到她的身上。
将柔软的丝绸盖在上面,
一点一点擦干她的身体,
就像百合花的叶子在保护她一样。
将成熟果实压成汁液,
放在金色的碗里敬她,
给她美酒,振作精神。
阳光下暖洋洋的草莓,
流着红色汁液的覆盆子,
柔软的桃子,金色的菠萝,
黄橙橙的橘子,
全都放进亮闪闪的金属大碗里。
她的胃口大开,心上装着
新的早晨的壮美与充溢。
在庄严的大厅里,
她的眼睛已经迷住。
火红色的蝴蝶在她上面飞动,
在孔雀绿的地面飘舞。
精美的绸缎铺在她的脚下,
路旁皆是风信子和郁金香……
绿色的棕榈树随风摆动,
一切的光芒都照映在墙壁上。
早晨的第一缕光线照来之时,
天国的孩子们扔来金色的球,
她的目光飘向满是红色罂粟花的田野里,

芬芳的音乐围绕在她的心头。

天　使　们：（唱赞美诗，）我们带着你，

安安静静，慢慢悠悠，

去天国！去天国！

（在天使们歌唱的过程中，舞台渐渐变暗。在黑暗中，人们听得出歌声越来越微弱，越来越远。灯光再次亮起，房间里的情形，与第一次天使显现前一样，所有的东西都没变。汉娜拉还是躺在病床上，一个可怜的生病的孩子。瓦赫勒医生弯下腰将听诊器放在汉娜拉身上；玛尔塔女护理手拿着灯，心里十分担忧，注视着医生。现在一切歌声都完全消失。）

瓦赫勒医生：（站起来说，）他们说得对。

玛尔塔护士：（问，）死了？

瓦赫勒医生：（清晰地，）死了。

可怜的海因里希

一个德意志传说

创作时间:1897;1899—1902。

初版:单行本,柏林,S.菲舍尔出版社,1902 年。

纪念我的兄长乔治·豪普特曼。

人物

海因里希·冯·奥

哈特曼·冯·奥

戈特弗里德

布里奇特

奥特戈博

神父本尼迪克特

奥塔克尔

骑士与仆役

第一幕

农民戈特弗里德家的小花园。左侧是房屋的山墙,山墙有门作入口,有阶梯通往上面。离此不远处有棵老榆树,树下一个石桌,桌旁有一个草坡。树下前方视野所及之处可眺望到绿色高原。前面是已收割完的田野,远处的地平线上可以看到树林覆盖的山丘。零零星星散落着一些椴树林。

戈特弗里德用扫把扫落石桌上的树叶。仆人奥塔克尔,约莫40岁,全副武装走过来,小心翼翼地装好马刺和铠甲,尽量不发出声音,骑上马悄悄地穿过花园。看到戈特弗里德,他突然愣住。长有黑胡子的苍白脸庞顿时变色,狼狈不堪。

戈特弗里德:赞美耶稣!

奥塔克尔:永远。

戈特弗里德:您这一大早想去哪里?

奥塔克尔:射鹰,骑马,打猎,我所知道的……

戈特弗里德:主人不会有事找您吗?

奥塔克尔:(挠挠头,尴尬地,)不可能!呃,也许吧!戈特弗里德师傅,一个任务。想想看……我的意思是说,如果这些都是上帝的意志,一切会变好,或者后来证明完全是糟糕的,我会回来的。不过……

戈特弗里德:我不明白您的意思。您们中间有谁在家里碰到了什么不幸的事情吗?

奥塔克尔:嘘!当然了。安静点!好吧!我得走了,母亲、妹妹——一堆麻烦事!您懂的。不然您瞧,我会跟撒旦战斗！我在异教徒的国土上打败的人，他们要是还活着，也能够证明这一点。

戈特弗里德：您怎么了？您生病了吗？

奥塔克尔：我没病！上帝会保护我们抵抗那些可怕的欲望、邪恶的水流以及一切罪恶与瘟疫。我血液里就站得挺直，身体健康，非常纯洁。我也希望能够一直这样健康而纯洁。世界虽然充满魔鬼，非常邪恶，但是基督是我的安身之处。我用一些土耳其人的鲜血买来救赎，给神父送去战利品，从应许之地拿了十字架的碎片放在胸前保护我。不过我感到害怕，我必须马上离开，一个不好的兆头出现在我的梦里：所有的凡人，都要保护好自己！（奥塔克尔下。）

戈特弗里德：（目送奥塔克尔离去。）上帝啊，他从马厩里将马拖出来，坐在马鞍上咯咯响，然后就这样走了！
（布里奇特从房屋里走出来，奥特戈博尾随其后。布里奇特看起来并不土里土气，是一个德高望重令人尊敬的妇女。奥特戈博快要长成少女，是个患贫血症的孩子。她有一双深色的大眼睛，头发灰黄，戴着混杂着金红色与金黄色的光亮头饰。母女两人拿着亚麻织物与桌子上的用具。）

布里奇特：我该为仁慈的主人在哪里铺桌子呢？戈特弗里德！喂，戈特弗里德……

戈特弗里德：（从惊讶中醒过来。）什么？你叫我？

布里奇特：是啊，我的温啤酒已经准备好了，鱼也煮熟，奶油也搅好了。你觉得我应该在哪里给主人铺桌子？

戈特弗里德：（指石桌，）来吧，这一直就是他的位置。对吧，孩子，他是不是一直都喜欢坐这儿？

奥特戈博：（赶忙点头）嗯，父亲！新鲜的蜂蜜，父亲，还有……你之前说，你想把哪些东西从蜂箱中取出来？

戈特弗里德：（感到吃惊，）究竟是谁给你的头发系上蝴蝶结的？

奥特戈博：蝴蝶结？

戈特弗里德：对，孩子，红色的蝴蝶结！

奥特戈博：（脸色呈紫红色，尴尬状，）哪儿？

戈特弗里德：（不耐烦地，）在你的头发上……

（奥特戈博不说话。）

布里奇特：我不是跟你说了吗？你爸爸看见你的时候，准会骂你的！

（奥特戈博脸色变得苍白，努力不让泪水流出，从头发上扯下蝴蝶结，扔在地上然后跑开。）

布里奇特：过去那表示对我们仁慈的主人的尊重。现在她害羞了。

戈特弗里德：布里奇特，你要注意这个孩子，别再缠着主人惹他生气。他不是像好多年前时那样还是个小伙子。那时候奥特戈博还很小，他常常用男孩子的方式和她玩闹。

布里奇特：我感觉他并不开心。

戈特弗里德：我不清楚。昨天上午他在草地上和一群人骑马打猎，在青苔地上手握剑柄，眼睛里含着笑意，给他们指着我们的庄园，后来愉快地与他们分手。谁若是看到这一场景，一定会觉得，忧郁的阴影绝不可能在这个高贵的年轻人身上划过而留下一道痕迹。今天我看到一个不认识的男人。

布 里 奇 特：我觉得很奇怪，他竟然在这个时候来到我们这个偏僻的地方。听说，他要举行婚礼。

戈特弗里德：大人物的脾气都很特别。这跟我们有什么关系！

布 里 奇 特：对的！可是在昨天晚上，那个仆人喝醉之后在所有仆役中用含糊不清的词语奇怪地开玩笑说起摩西律法[1]。根据律法，人们要清洗染病的屋子墙壁，这样可以让他们不被毒汁与麻风感染。

戈特弗里德：谁说的？

布 里 奇 特：奥特戈博，咱们的孩子。

戈特弗里德：布里奇特，听着，对所有那些闲言碎语要闭上你的耳朵。我们的主人福泽深厚，是王室成员，在管理钥匙的圣彼得[2]那里也不受欢迎。那些托钵僧们在人们中散播谎言，人们不会笨到相信他们的。

布 里 奇 特：他好像是从桤木路上走过来的。

戈特弗里德：他是这样来的。

布 里 奇 特：他走起路来弯着身子，不像以往那样挺直着行走。

戈特弗里德：你要是这样盯着他瞧，肯定会把他给惹火的。

---

1 麻风病在摩西律法中被认为是与罪有关的病症，参见《圣经·旧约·利未记》第13章。
2 参见《圣经·新约·马太福音》第16章第19节，耶稣对彼得说："我要把天国的钥匙给你。凡你在地上所捆绑的，在天上也要捆绑。凡你在地上所释放的，在天上也要释放。"

布 里 奇 特：瞧，他一直死盯着朝霞。
戈特弗里德：是他。我现在过去了，布里奇特，你去请他来上桌，要礼貌但是少说话，然后你就歇着离开吧。
布 里 奇 特：老头子，别担心。

（海因里希·冯·奥沉思着缓缓走来。他身体纤细但看起来很儒雅，散开的卷发，修剪整齐的微红山羊胡须，一双蓝色又显得不安的大眼睛挂在慵懒的面庞上。）

布 里 奇 特：上帝祝福您！
海 因 里 希：（抬起头一瞥，好像才注意到她，匆忙敷衍道，）老妈妈，上帝也祝福你！
布 里 奇 特：这是您的桌子。桌上东西很少，但这也是我们这个偏远的农家能够提供的最多的东西。
海 因 里 希：布里奇特，昨天夜里在院子里我好像听到了骡子的声音。
布 里 奇 特：主人，您听错了。
海 因 里 希：错了？大概在午夜前后？

（布里奇特摇摇头。）

太可惜了，我想看看书来着。

布 里 奇 特：您有什么愿望吗？
海 因 里 希：嗯……很多愿望！
布 里 奇 特：我指的是我能够帮您实现的愿望。
海 因 里 希：你能够实现的愿望，布里奇特？不！也许——我们想看到——不是现在——也许。已经很好了，我要谢谢你。

布 里 奇 特：您慢慢享用。（下。）

海 因 里 希：（独自一人向上望去，将手平放在榆树的树干上，压抑着内心自言自语道，）榆树已经开枝散叶，就像从矿石里走出来，在明朗的清晨它安静地伸进寒冷的天空中。寒冬将近，也许就在明天，凛冽的银白色冷气会让它变得光秃秃的。它不会动！放眼望去，周围万物皆服从主命，除了那个人，除了我。平静，回到我身边吧！你在我身旁：你在安静的草地上休息……你从枞树的枝叶上——我童年时代那些长在古老黑森林里的枞树——吹过我的头顶。嗯，你的家就在我故乡的那些山里。对我来说，既是兄长又是朋友。

（戈特弗里德走进门。）

戈特弗里德：上帝祝福您，主人！

海 因 里 希：早上好，老人家。

布 里 奇 特：主人，我这辈子还没看过比这次更好的情形：我刚迈出室内第一步就看到最可爱的客人和高贵的主人。您让我们感到惭愧，尤其是我！我是个睡鼠，跟您不同，因此是个不称职的管家。

海 因 里 希：（开始用餐。）朋友，不用为我操心。以前我曾在特别喧闹的营帐内安睡，有时在一些领主的宫殿里睡觉，那里日日夜夜都能听到大门的合叶发出的嘎嘎声……马蹄声、仆人的叫喊声，我都像个木头一样睡得很好。这里很安静，在这安静之中我的内心却很喧闹。在外面月亮倾泻下该死的月光，照在沼泽和草原上，田埂之上蟋蟀随着月光醒来。轮舞声声，骑士们玩游戏的声音，战斗的杀伐声，陌生的语言，人们相互耳语，这些声音都在我的脑袋里呼啸，我根本平静不下来。

戈特弗里德：您晚上没休息好？

海因里希：睡眠是个居所。那些无家可归的人真可怜！你指的不是这吗？

戈特弗里德：是的，仁慈的主人。

海因里希：说真的，这些年我总是习惯于很早就从床上爬起来，大部分在日出前，有时甚至在午夜就起床了。若是你们明白，我就拜托你们同意我这样做，不必为此吃惊。

戈特弗里德：主人，我们所住的房子，是您的。房子下的土地，也是您的。您怎么能说我们同意您？如果您需要我们帮助，叫醒我们就可以了。

海因里希：安静地睡去吧！你们白天辛苦劳作，所以晚上睡眠安稳。你们醒着于我何用？不过我还是要说声谢谢！很久以前我还是个小伙子的时候我就看出你为人忠诚，现在我又看到这点。我来这里不是要偷走你忠诚的灵魂，也不是要抢劫你的财宝。老人家，我就是想请求你同意，我可以在你们家里一直一个人安静地待着。

戈特弗里德：（沉默了一会儿。）您要给我放假，让我离开？

海因里希：坐下！你误解我说的话了。过来！这么多年过去，看到你白头发，再一次听到你那充满父爱的声音，我真的很高兴。如果在这片你所耕耘的土地上，我看起来对你很陌生，你切莫担心。我已经像个意大利人，当然看起来也很奇怪。不过我仍然希望，当你的手压住它的时候，给予回应的仍是一个德意志的手。

戈特弗里德：（跪下来，想用双手握住海因里希没有拿出来的右手，海因里希马上抽回去他的右手。）您，意大利人？善良的基督会阻止的！如果您不是德意志传统的骑士，您不是德意志骑士道德的一面镜子，那我在德意志的土地上还能到哪里找到这种绅士风度，这种忠诚，这种高贵的勇气呢？我称您是德意志的代表，就像枞树，纯粹的德意志血统，也一直保持得非常纯粹。罗马总督的蓝眼睛并不比您的更加闪亮，您头顶上发出的光芒和他的王冠上的大宝石和一样高贵！

海因里希：（阴郁地，）呃，或许如此吧。如你所说，就算是贫穷的拉撒路[1]把发夹戴在头上闪闪发光，金刚石仍然是金刚石。

（很快转移话题。）

是凯撒的就归凯撒！[2] 够了！坐下来跟我说点别的事情。家里的公鸡、母鸡在鸡圈和谷仓里闲聊的声音，我听起来都比福格威德的皇家歌曲要舒服。你

---

1 拉撒路是一个乞丐，死后躺在亚伯拉罕怀里，参见《圣经·新约·路加福音》第16章。
2 参见《圣经·新约·马太福音》第22章。

有多少匹马、多少头牛？地里的产出够得上你的辛苦吧？收成如何，水果，谷子，还有葡萄酒呢？瞧，这就是我一直想知道的消息。不要再跟我说什么土耳其人和基督徒，保皇党和教皇党，罗马的总督之类的话。

戈特弗里德：主人，我说话方式比较粗鲁，我注意到了。要是让你感觉不适的话，请您宽恕。您谅解一下，我毕竟平常都不在高雅的生活圈子里。

海因里希：在山的附近最高的地方，就是耕地与森林之间，不是有一块豌豆地吗？

戈特弗里德：是的，仁慈的主人！

海因里希：昨天夜里，我骑着马走到附近，小心翼翼往下走时，我听到一群孩子在合唱万福玛利亚，声音很轻。同时我也看到离我不远处，在山道边缘有一个微弱的光芒在石壁上闪烁。我把马留在原处，蹑手蹑脚地走近看。然后我发现一群男孩女孩在篝火下忙活，就像幽灵和影子戏一般。这时我就跟他们说："小鬼们，上帝祝福你们！你们在这黑灯瞎火的地方又是烤，又是煮，又是酿，在做什么呢？"几乎无人应答！嗨！大伙一哄而散。只有一个小女孩留在篝火旁，站在那儿犹豫不决，一直沉默地看着我。"你唱歌了吗？"我问道。不过她一直沉默不语。

戈特弗里德：仁慈的主人，原谅这个孩子。她是我的女儿奥特戈博，性格很奇怪，这一点常让她妈妈和我担忧，以致我们都睡不着觉。

海因里希：这孩子确实很奇怪！你说得对！……

戈特弗里德：主人，您以前认识她。很久很久以前，您有时会把她抱到您的马上。那个时候她比田野里的鹌鹑还要害羞，您哄她出屋，她很听您的话。

海因里希：对，就是那个时候！我记起来了。当我晚上从山谷悄悄回家时，虽然疲倦，但是心情很舒畅，我常盯着这个孩子看，称她为我的小爱人，那时我常这样跟她开玩笑。对，就是那个时候！那时心气高，脑袋瓜里常常有些疯狂的念头，我记得，我还记得！——现在你瞧，我早已从那个黄金般的青春时期给踢出来了！再次看到奥特戈博，我的小爱人，感觉如此陌生，以至于我甚至怀疑我从未狂热吻过我的黛安娜女神[1]——我的小爱人的脸庞和小手，我从未抚摸过她的头发，我从未像猎人们那样给她吹小号逗她娱乐，我那时常常随身携带小号。

（奥特戈博拿过来一小碗蜂巢。）

戈特弗里德：她过来了，主人！

海因里希：你给我带什么来了？

奥特戈博：（紧张地，）很新鲜的蜂蜜，主人！

海因里希：瞧，你会说话，不是个哑巴！我很开心，孩子，你现在得坐到那边的板凳上，回答我的话。你在考虑什么呢？你怕我吗？——哎呀，我很温和的！非常

---

[1] 黛安娜，罗马神话中之处女性守护神、狩猎女神和月亮女神。

温和！……你几乎难以想象，我有多温和！好吧，你这些年过得好吗？

奥特戈博：（非常腼腆。）很好。

海因里希：怎么，一直都好？

奥特戈博：（腼腆到几乎要昏倒。）是的，主人。

海因里希：你过得很好，——头顶金色皇冠的弗里德里希大帝也只知道艰苦、战斗和长久的困顿！我的孩子，你比他要富有，更不用跟我比了。在这高地上，你感觉时间过得很长吗？

（奥特戈博摇头否定。）

你是怎么打发不好的心情呢？

奥特戈博：（没有回答，非常尴尬，最后说，）我祷告。

戈特弗里德：祷告是个好事！你最喜欢向哪位神灵祷告？

奥特戈博：（同上。）圣母玛利亚曾经有一次治愈过我的病。

海因里希：真的？她治愈过你的病！她却给我伤口上撒盐！相信我，她也会加深人的伤口。

奥特戈博：不会的，主人。

海因里希：怎么？不会？你怎么想的？你认为不会？要是你愿意教我，就教我。

（奥特戈博猛地摇头否定。）

戈特弗里德：请您原谅这个孩子。仁慈的主人，您想想看，她不久前才从病床上重新站起来……

海因里希：为什么她一直把右手藏起来？

戈特弗里德：怎么，主人？

海因里希：你为什么一直把右手藏起来？

戈特弗里德：伸出手来！

奥特戈博：不，爸爸！

戈特弗里德：咦，你这个固执的丫头！主人在命令呢！按照主人说的做。

布里奇特：（在幕后。）戈特弗里德！

奥特戈博：妈妈叫您！

（她想走开。）

布里奇特：（在幕后。）戈特弗里德！

戈特弗里德：请您原谅！

海因里希：你下去吧。

（戈特弗里德下。）

你现在赶快跟我讲，你认识我吗？

（奥特戈博非常夸张地拼命点头。）

我是谁？

奥特戈博：我们的主人。

海因里希：水獭有自己的洞，鸟儿有自己的窝，狐狸有自己的穴，而这个你把他当作主人的人，却是无家可归。瞧，他脚下踩着的大地都在烧着他，就像地狱里的烈火一样。你为什么笑呢？

奥特戈博：（突然爆发出短暂又有点病态的快乐的笑声，然后抑制住自己。脸色看起来依旧苍白，有点害羞，眼睛里有些恐惧。）我？

海因里希：我叫什么名字？

奥特戈博：（颤抖地，）海因里希。

海因里希：海因里希，——全名呢？

奥特戈博：你叫海因里希·冯·奥伯爵，主人。
海因里希：上帝晓得——，对，这是我的名字。孩子，你认识我多久了？
奥特戈博：（颤抖地，）多久了？
海因里希：多久了？
奥特戈博：（颤抖地，）两……两年了。
海因里希：两年了？怎么？我觉得你弄错啦！以骑士的名义，上次我来到这间屋是在九年前。从那以后，我再也没来过了。
奥特戈博：（非常尴尬。）我那时太小了！
海因里希：对，你当时太小！所以你把时间都搞错了。孩子，你现在在这儿看到的这个人，靠啃家庭烘烤的面包的薄皮填饱肚子，两年前这个可怜的客人待在大理石做成的大厅里，那里泉水不停喷出，金鱼在水池里游来游去。当他的目光陶醉一般地飘荡时，就是在阿扎尔的魔幻花园里香烟袅袅。哦，亲爱的孩子，你根本想象不出那种天堂，甜蜜而沉重的壮观压在我们身上，极大的快乐又加在我们头上……竹子在偏僻的地方摇摆，房顶是雪松做的，显得很阴暗，一簇簇杜鹃花就像开花的枕头一样遍布地上。大海看起来像蓝色的花海，大理石阶梯滴着水，宝石做成的平底船在荡秋千，发出金色和紫色的光芒。——你听得到歌声。女奴隶唱着：这儿是忧郁的花朵！她弯下腰，用银做的水桶到柏树遮挡下的水井里汲水……陌生的话语，融化在你的心灵的热潮中，在你耳畔徘徊。你将温和的西风带来的芳香饮进肚中，催你入眠。——唉，够了！现在我在这儿，不是在巴勒莫，不是在格拉纳达。我想请你继续讲一下，隔了这么久，似乎你觉得很短，你还记得我什么。

奥特戈博：（震惊。）主人，不记得了！什么也不记得了！

海因里希：我根本不信。——什么也不记得？这也太少了！对于你这双聪慧的眼睛太少了！小奥特戈博，现在我认真地问你！圣奥特戈博，穿着亚麻和丝绸做成的衣服，显示出神圣的光环：我以前是怎么叫你的？怎么称呼你？——说，我是怎么叫你的？呃，——那时，你骑在我头上，真的，比你的母亲还亲密，我习惯于怎么称呼你？跟我说说！

奥特戈博：（站在那边，转过身去，极为尴尬。扭着身子，口里咬着围裙和手帕，多次发出笑声。不过很快就压抑住，有一丝恐惧，也有一丝生气。之后她支撑不住，停顿了一会儿，重新恢复精神，吃力地轻声说，）我的——小——爱人！

海因里希：对，我的小爱人！不过以后就会有一个年轻正直的乡下小伙子这样认真地称呼你，我那个时候是跟你开玩笑。

（奥特戈博惊慌失措，脸色极苍白，跑开。）
你要去哪儿？

奥特戈博：（站住，颤抖，）好像父亲在叫我。

海因里希：待在这儿坐下。是不是我太轻率，让你不开心？怎么？也许就是这样的，我非常抱歉。

（奥特戈博下，戈特弗里德重新上来。）

戈特弗里德：（叹息。）这孩子比我们想的还要奇怪！您瞧，她是怎么做这件事的：她的母亲看到她像个养蜂人一样在蜂箱里切蜂房。她的胳膊、胸口，还有手上都被叮得全是包。她做这傻事，因为我忘了给您的桌子上端上蜂蜜，她昨晚一直都想着这件事。

海因里希：（极为惊愕，同时也很开心。）怎么？就为我吃一点甜品，她让自己全身都被蜜蜂蛰着？

（他大声笑出来。）

现在过去，戈特弗里德，把我的仆人叫过来！让奥塔克尔把我的马褡裢里的带有金色月亮的项链拿过来。我要把它奉送给我的小爱人。我是认真的！——你为什么还站在这里？

戈特弗里德：（犹豫不决）仆人已经离开。

海因里希：什么？谁离开了？

戈特弗里德：奥塔克尔，您的侍从。

海因里希：离开，这是什么意思？——谁让他走的？

戈特弗里德：主人，我还以为您知道这件事。

海因里希：（集中精神，深吸口气）我应该知晓，虽然我不知晓。

（他站起来，脸色苍白，来回走着，脚步很慢，心中强烈的情绪慢慢平复。）

耐心！——对我要有耐心！仔细听着！——戈特弗里德，为什么我再回到这里，回到你们飘散着枞树味道的绿色的——墓地，你以后一定会明白，不过

　　　　　　不是今天。看在上帝的分上，请接受我！我不再是那个海因里希·冯·奥，——我更愿意是个朝圣者，在寻求落脚的地方，——落脚的地方，还有平静。

戈特弗里德：仁慈的主人……

海因里希：要是作为主人，我就不会过来。一贯忠诚的仆人会离开他的主人？因此我不会打死他，也不会责骂他！——不，你能给我的一定是仁慈。我来这里，不是为了收地租，也不是为了收什一税。戈特弗里德，我来到这里是为了乞求施舍、捐献和怜悯！

戈特弗里德：主人，我的耳朵在欺骗我！富有的海因里希·冯·奥向我这个朴素的农民和贫穷的仆人乞求仁慈、捐献和怜悯？

海因里希：这个富有的海因里希·冯·奥现在变成贫穷的海因里希·冯·奥！戈特弗里德，现在你先明白这一点就够了。许多日子，无数小时——漫长的日子，数不尽的小时！我给你弹竖琴，永无休止地弹同一个调子！——就一首歌曲！——你会为此烦恼不已，唉！你的眼神和话语想问我的，我都会满足你，告诉你答案：我一直待在这里，数周！数月！数年！如果有一天我离开……也会静悄悄地离开。一切都模糊不明，但是以后会明朗起来。慢慢等吧。——要有耐心！——躁动的心灵会不停地寻找平静。正直的朋友，把你额头上的东西给我！把你的宁静的财富赠予我：因为我的灵魂对它的渴望超越了对从前的萨拉丁[1]的财富的渴望。

（他慢慢地走下。戈特弗里德吃惊地看着这个离开的人，布里奇特上来。）

布 里 奇 特：主人刚走？

戈特弗里德：你懂他的话吗？

布 里 奇 特：不，戈特弗里德，我不懂他，也不能理解这个孩子！她躺在那儿哭泣，还发誓说："我一定要拯救他！"

戈特弗里德：什么？

布 里 奇 特：她说，去问本尼迪克特神父！

第二幕

戈特弗里德家的厨房。中间一个熏黑的带烟囱的大炉灶。墙壁旁边放有整洁的由金属和陶土做的厨房用具，还有一些甲胄和刀剑。一个放有耶稣十字架受难像及其他一些东西的角落。一个专供仆人使用的粗糙的长桌子，还有一些板凳。右侧离炉灶不远处有一把破旧的皮椅，前面放有一张鹿皮。在炉灶上方靠左墙的地方有一个鹿角，一个野牛角，还有把劲弩。——时乃冬日。

布里奇特挽起袖子，往本尼迪克特神父拿来的小袋子里装上面包和奶酪等东西。本尼迪克特神父还不到50岁，从脸色上看他虽饱经沧桑，但是仍非常精神，令人尊敬。一头白发，身穿一个非常破旧的神父袍子。

---

[1] 萨拉丁（1137—1193），埃及和叙利亚的苏丹，阿尤布王朝的创建者，曾指挥穆斯林军队抗击十字军东征。

本尼迪克特：我不知道！不要问我。他的父亲是个真正的圣殿骑士。我父亲去世的时候，虽然只是个农民，但他富有，为人们所尊敬，他仍然告诫我：要忠于主。他想说的，不只是天上的主，也包括尘世上的敬爱的主人。在他的帮助下，我父亲的财产年复一年不断增加。他们在一起共享葡萄酒，他直到去世时仍光着头，是作为一个朝圣者离开尘世的。

布里奇特：就告诉我一点：他到底有没有被逐出教会？

本尼迪克特：不，我什么也不想跟您说。因为您有理由……有理由表示感谢。您什么也不知道！看吧，我们所生活的世界和上面的不同。——没人会问我们，那就让我们忠实地保持沉默吧。

布里奇特：我什么时候该再把孩子送到您那里去？

本尼迪克特：那就这样吧！您想什么时候送来都可以。她如果过来的话，我那沉闷发霉的小屋里就会变得亮堂起来，那原本狭窄的森林小祈祷室也会变得宽敞，基督将再次呼吸，圣母玛利亚也会微笑。我那被罪过几乎压垮的身子又可以再次站起来，赎罪之后将会看到上帝仁慈的面孔。

布里奇特：（摇摇头。）哎呀，神父，真的，我很乐意听到您这么说！不过，我不太明白……您能否给我解释一下您刚才的话。这个孩子已经变了。近来一个奇怪的陌生幽灵在这儿引诱了她，就在我们家——不过不是您说的善良的幽灵。

本尼迪克特：可能是吧。当喊叫声把我们从罪恶的睡眠里唤醒的时候，黑暗之王也没有闲着。相信我，他也一样缠着这个孩子。不过她现在醒了，不再为睡眠所扰！您听着，让她自由地走在通往圣地之路，通往保护与恩典之路，不要把她送上十字架。突然之间，就好像有无数看不到的天使伸来双手把这个难以管束的犟丫头拉往圣坛。当她沉醉在那里时，就如我已经感觉到，之后我也认出了在她灵魂最深的秘密处有一个东西与上帝联系在一起，一个奇迹诞生，引领她进入天国。

布里奇特：上帝保佑！上帝保佑！阿门。但愿如此！愿她在我们家更加虔诚！但她在家时常行为粗野，精神错乱，以致我有时都会非常担心，上帝会不会在这个孩子身上惩罚我？——啊，神父！我绝非后悔……不会的，因为我如此爱她，绝无悔恨：顽固不化才是罪过。让上帝惩罚我，上帝惩罚我！不要惩罚孩子。

本尼迪克特：（有点沉不住气，）好啦！我们都是罪人！我们都有罪，自娘胎里就有罪。不过，上帝会——只要他愿意——让我们所有人享有他的恩典，即使我们生来柔弱，即使我们有罪。而这个孩子纯洁的灵魂与嘴唇在仁慈的上帝的宝座前对我们来说也不会是一个控诉者，而只是一个传送者。

（两人均下。奥特戈博脸色苍白，安静地走进来。她把带来的枞树枝放在桌上；她将一些小树枝拿出来，开始制作十字架受难像，亲吻树像的底座，并用绿色的针叶打扮树像。这时布里奇特再次走进来,注视着奥特戈博。她倾听着,突然从外面传来短暂的吵闹声,她开始说话。)

布 里 奇 特:姑娘们在打谷场上嚷嚷什么呢?

奥 特 戈 博:(沉思着,轻声地,心里波动。)一个穷苦的病人在那里乞讨。

布 里 奇 特:谁乞讨?!——说清楚点!你没听到我的话吗?

奥 特 戈 博:听到了,妈妈。上帝羊群里的一只羊。

(传来拨浪鼓的尖锐声响。)

布 里 奇 特:我们听到的不是他的拨浪鼓吗?把他赶走!别让海因里希主人碰到他。

奥 特 戈 博:究竟为什么,妈妈?

布 里 奇 特:什么?你说什么?

奥 特 戈 博:没什么。为什么我们的主人就不能碰到他?

布 里 奇 特:因为所以。安静点,别再问了。

奥 特 戈 博:妈妈,海因里希主人在他的房间里写东西。

(安静。)

神父说,人类要听从上帝,不要拒绝他的爱意与恩典,如果他们没有不服从,没有渎神,而是善对上帝的恩典,那么他就不会降临罪恶到这个世界上。

布 里 奇 特:(一直忙于刷洗锅碗,悄悄往奥特戈博这边投来犹疑的目光。)这个时代太糟糕,忠诚与信仰消失殆尽。嗯,他说得对。

奥 特 戈 博:妈妈,他说整个基督教界都被魔鬼的毒汁腐蚀掉了,上帝想形象地告诉我们这一点。他说每个麻风病人的身体都是反映这个状态的镜子。

布里奇特：可能吧。

奥特戈博：有时神父会哭泣，鞭笞自己的后背，说他感觉上帝对这个顽固不化的世界感到生气，人们永远都无法再见到上帝。

布里奇特：（画十字。）永远赞美我们的救世主耶稣基督。

（安静。）

奥特戈博：（愈加不安地，）神父说，末日即将到来，审判的时刻马上就到。妈妈，你不害怕吗？

布里奇特：恐惧和焦虑是我们尘世生活的全部。

奥特戈博：本尼迪克特神父说，深渊之井会喷出烈火与浓烟，窒息的毒气，战争和瘟疫。愤怒的天使会飞过每一个城市，没有哪个罪人能逃过他们的审判之剑。

布里奇特：如果报应要来，就尽早来。恐惧和担忧已经够了！

（安静。）

奥特戈博：黑色的死亡也不会放过王侯吧。

布里奇特：不会。

奥特戈博：所有宫殿的钟楼和墙壁都无法防止麻风病。

布里奇特：是的。

奥特戈博：妈妈，从前有个伯爵，他和国王的女儿在大厅里跳舞。她已经秘密地做了他的新娘。就在这时，国王的医生轻轻地喊着他的名字，让伯爵和他一起走。二人一起进入一座塔楼。医生说……说："给我看看你的手！"当这个既是亲王又是领主的伯爵伸出手给他看时，他指着伯爵白色的皮肤里凹陷的斑痕说:"伯爵先生,您最沉重的时刻到了,要坚强!您不纯洁了。"

布 里 奇 特:你给我讲的是什么奇怪故事?你在做梦吗?

奥 特 戈 博:——不是呀!——他再也听不到芦笛和长笛的声音……

布 里 奇 特:(暴躁地,)孩子,孩子,别瞎扯了!

(布里奇特不小心将一个长菜刀从她正忙活的桌子上碰掉。奥特戈博非常紧张,以致吓了一大跳,叫起来,不过她将声音压住,人瑟瑟发抖。)

你怎么了?

奥 特 戈 博:没什么……没什么,妈妈。

布 里 奇 特:捡起刀给我。

(奥特戈博弯下腰,按母亲所说的照做。她身体发颤,牙齿打着寒战,叹了口气,把刀又放回桌子上。)

孩子,你感觉不舒服吗?

奥 特 戈 博:(摇头,心不在焉地,)妈妈,你相信吗……?当以撒的父亲亚伯拉罕带着他到上帝面前献祭时,以撒是否意识到亚伯拉罕心里的想法?[1]

布 里 奇 特:我不信。不过你说这是什么意思?你的脑袋瓜里为什么总想着这些可怕的故事?感谢上帝,不再像从前那样要求用人类做血祭了。

奥 特 戈 博:可是耶稣呢!?上帝不是把他唯一的儿子钉上十字架为我们赎罪,并且亲眼看着让他走向各各他山[2]

---

[1] 以撒献祭故事参见《圣经·旧约·创世纪》第22章。
[2] 基督被钉死之地,位于耶路撒冷附近。

吗?——妈妈,神父说,上帝若是赋予某个人以力量,为了邻人的幸福而忍受巨大的痛苦直到去世,在众人之中他就是被选中的那位,一定会获得恩典。自愿献出圣洁的鲜血的力量,就如同永恒的幸福的纯洁之井一样,在这个世界上有神奇的魔力,以致麻风病人的皮肤被喷洒之后,都会变得洁净而完美。

布里奇特:或许吧!或许吧!

奥特戈博:妈妈,你知道我们的仆人们说些什么吗?

布里奇特:我不知道。

奥特戈博:如果这个世界真的存在正义的话,他就得拿着木棍和拨浪鼓乞讨……

布里奇特:谁?

奥特戈博:……就像院子里的那个病恹恹的人一样——在我们所不去的旷野里筑他的小屋。

布里奇特:笨种才开蠢花!孩子,去弄午后点心吃。主人病了,不过只是在心里。如果他身上有麻风病骇人的白色斑块,谁能够救得了他?医生不行,神父不行,血祭也不行。

奥特戈博:(*激动地几乎要哭,*)妈妈,可以的!在意大利,在萨勒诺,有位大师,他可以用血来治愈……

布里奇特:谁说的?

奥特戈博:奥塔克尔。他跟我发誓他知道,本尼迪克特神父也跟我确认了这一点。

布里奇特:好。也许吧。不过现在够了,别再继续说下去了……不要再说了，我一句也不想听！你安安静静地干活去。没人生病，我们也不需要任何牺牲。你这个轻信他人的傻孩子，那个疯仆人所说的话都是骗你的，主人不久就会健康起来，离开这儿。

奥特戈博：（突然绝望地哭起来，）妈妈，妈妈！要是他离开我们……

布里奇特：海因里希主人？——愿上帝成全！——你哭什么？你觉得我们这样一个小木屋，这养鸭子的水塘，这菜园，对于像他这样高贵的主人，是一个合适的居所吗？

奥特戈博：（抽泣。）我要……我要，我要去修道院！你认为，如果你们乐意的话，我会嫁给一个农民……

布里奇特：时间会解决一切的！上帝会按照自己的愿望安排的。随着时间流转，他会好好惩戒这种傲慢的态度。不过，我跟你说，如果将来有一天一个勇敢的小伙子过来，要把你从父亲身边娶走，他虽出身朴素的农民家庭，你也应当谦卑地感激上帝。

（戈特弗里德领着哈特曼·冯·奥进来。他是个朴素的贵族，满头白发，比海因里希大几岁。他身穿轻盔甲，戴着头盔，一个长皮衣搭在胳膊上。）

戈特弗里德：骑士先生，请进来，到屋里来取取暖！这里烧着火，很温暖，对我们来说太好了。

（对布里奇特，）主人在哪里呢？孩子他妈，这是哈特曼·冯·奥先生，海因里希先生的侍从，也是忠实的朋友。在这样寒冷的季节里从奥氏家族的城堡过来的正直的骑士先生！您坐。

哈 特 曼：多谢！寒风凛冽，天哪，从午夜开始我就一直逆风而行。不过我的老马翻山越岭，一直勇往前行。有时我们停在烟雾迷蒙之中，被雪堆紧紧围住，找不到路标，也找不到车道，但我们一直一步步向前走着。在这寂静的冬天，坐在老马上一路沉思，慢慢向前通过枞树林翻越大山，天气诡谲多变，积雪很厚，沉沉压在树枝上，亮闪闪的，有时能听到清脆的咚咚声，除此之外也没有其他声音，这对我来说也是一种享受。

（和蔼地对奥特戈博，）

小鸟也沉默不语，我每走一步，雪都在马蹄下发出叽叽喳喳的声音。我倾听着，注意着，沉迷其中，几乎忘了路。就像修士彼得一样，当他听着天堂的鸟叫，千年犹如一个小时飞快从他身边流逝。

布里奇特：骑士先生，请坐！

哈 特 曼：这个小姑娘是您的女儿？

布里奇特：先生，她是我们唯一的女儿。

哈 特 曼：嗯，那我猜得对吗？她就是海因里希先生的小爱人。

布里奇特：骑士先生，以前的时候，那时她不像现在，还是个很小的孩子，仁慈的主人还是个小伙子，有时开玩笑逗乐，就这样称呼她。

戈特弗里德：呃，孩子她妈，他现在也一直这样叫她。昨天在这壁炉旁，当奥特戈博给他脚下递过去小板凳时，我还听见他说：“谢谢你，奥特戈博，我的小爱人。”我说得不对吗？

奥特戈博：爸爸，对的。

哈特曼：您肯定是对的！而你，孩子，不要让人从你这里偷走这个尊敬的称谓，它属于你。善良的女士，这不像你看起来所以为的那样是随便的称呼。我们的海因里希先生称她为小爱人，肯定是认真的。在这些信里，他都一直夸她，衷心地称赞她认真的照顾。

（奥特戈博抓住妈妈的手，由于感觉尴尬和不好意思而抓得太紧，以至于布里奇特都叫了起来。）

布里奇特：孩子！！！怎么了！！？大家在看着你！——她把我的手都抓麻了。

（奥特戈博笑着跑开，用胳膊遮住眼睛，下。）

戈特弗里德：我现在必须要说，她得到这个朴素的表扬是应该的。以往她情绪总是波动……

布里奇特：戈特弗里德，给葡萄酒里加点水，别再夸她了！你知道，她脑袋瓜会被冲昏的。

（布里奇特下。）

哈特曼：首先说说，他怎么样了？

戈特弗里德：（注视着哈特曼，叹口气说，）他怎么样了？唉，先生，您不问也知道！答案如您所想，更严重了。其实我也不是很清楚。他有时看起来很精神，正如在以往那些好日子里一样，之后我又发现，他病了，比我们认为的还要严重。——有时我想，有一个秘密的忧伤在吞噬着他，您也许可以找出其根源所在。突然之间当他的眼光里偶然灼烧着病态的火光与我相遇时，我的咽喉和胸腔都死死地挤在一起，以至于我内心有个声音想让我相信，上帝使用了最可怕的惩罚折磨了这个人。

哈 特 曼：您知道海因里希主人让我过来吗？

戈特弗里德：先生，我不知道！

哈 特 曼：嗯，我们的主人让我过来。戈特弗里德，他没跟您透露过什么吗？

戈特弗里德：没有！哈特曼先生，什么也没有。您看，您一定会发现，我们的主人像有着最严格的戒律的修道院里的修士一样，过着隐居的生活。当奥特戈博给他送饭时，他对奥特戈博常常说两句话，他白天所说就这么多。他沉浸在书本里，很多时候夜里醒着，因此白天还要睡觉。我偶然在他漫步的小道上遇到他时，在田埂上或其他地方，摘下帽，他也只是从远处回谢，跟我打招呼，这样有意避开我。一个礼拜接一个礼拜都这样，我和布里奇特都不能和他说话，只有奥特戈博可以。奥特戈博也常常被他生硬的讲话吓退。

哈 特 曼：我私下跟您说，好像……我至少从他的信件里得知，我们的海因里希主人在计算着他尚在人世逗留的时日。

戈特弗里德：我也注意到，我们都感觉到一定发生了什么事情。就在昨天晚上——亲爱的主人还在这儿坐在靠背椅上——他突然说起话来非常奇怪又很忧郁，这种漫长的陌生状态过后，又是如此熟悉，以至于我们都差点流下眼泪，就好像是一场告别。我们可怕的预感，真的会发生。他以后会住在哪个城堡？

哈特曼：他想住哪里，我不知道。不过他得先回到正常的生活中，在奥氏家族的采邑露露脸，这是必须的。因为几乎所有人都以为他失踪了。人们相互询问，私下议论，他的堂兄康拉德干脆大声嚷嚷，脑袋伸得很长，在奥氏家族的门下玩弄马刺，发出叮叮当当的响声，好像海因里希主人的名号与其祖辈一起已经沉眠地下许久似的。

戈特弗里德：先生，如果他现在离开，我们将损失惨重——而我确信，他会离开。看吧，我们的生活……在这狭小的圈子里永远千篇一律，与世隔绝，被安放在这个森林的谷地里，因为海因里希主人的宽厚与仁慈，这里没有争执，我们一直过着相同的日子，听着相同的声音。当心灵被绿色的树叶遮锁住呼喊着找人时，针叶林里的回音是唯一的答案。这听起来很奇怪，但是我说的是真的。只要他在我们这里，这个患病的人，也是抑郁的客人，就会给我的家里带来节日的装扮。现在庸常生活里的幽灵又拖着蜘蛛网似的灰色长袍打着哈欠向我们招手。纵使有担心、辛劳和焦虑，那都是我们山谷里一段美好的时光，而如今就要结束了。

哈特曼：您在对谁说这些呢？对我？他的朋友，与他同住一个屋檐下的人？和他一起海上航行，数年都紧跟其旁，不曾离开的人？您从未见过我们那个优美的骄傲的主人，在弗里德里希皇帝的宠爱下闪耀的荣光！当贵妇人们看到他那蓝眼睛里带着笑容的闪电时，在爱情面前争先恐后，几乎为之疯狂；而公爵夫人们则是为他身上的物件而争夺，——手套、布条、手绢，甚至可以说三个爱情法庭都不能裁决。他就像弗里德里希王冠上的星星，发出神圣而明亮的光芒，我们所有人都享受着他的礼物的荣耀。在这皇家的营地里，到处都传颂着海因里希，海因里希的话语，海因里希的歌曲，海因里希的猎人、医生、骏马、狗和羽毛游戏。这比从未来过餐桌旁的皇帝陛下要多得多，海因里希·冯·奥在他旁边正迈着大步走过。

戈特弗里德：（心里一直不安。）我听见他过来了。

（海因里希突然迅速走进来。他脸色苍白，心烦意乱，惘然若失。）

哈特曼：（原本已坐下，惊跳着站起来，被海因里希的外表吓坏。）亲爱的仁慈的主人！

海因里希：（不自觉地做了个回绝的手势，脸色扭曲，好似哈特曼响亮的举止给他带来身体上的病痛。接着他带着压抑住的冷淡轻松地说，）你已经到了？

哈特曼：是的，主人！

海因里希：我还不知道。

哈特曼：（尽力不表现出自己的震惊，但是没有隐瞒好。）仁慈的主人，您过得怎么样？

海 因 里 希：（简短地，）谢谢你的关心！——戈特弗里德，奥特戈博在哪儿？

戈特弗里德：我去找她。

海 因 里 希：好，去吧。

（戈特弗里德下。海因里希在靠背椅上坐下，目光半转回过去，注意到哈特曼双手拧在一起。海因里希强迫自己平静下来开始说话，声音沙哑，长时间的沉默使得声音似乎已经生锈。）

朋友，你站着干吗？赶紧坐下！——你过得怎么样，哈特曼？——朋友，那是什么？

哈 特 曼：啊，亲爱的仁慈的主人……

海 因 里 希：（声音很轻，空而深，有些颤抖，有时由于过于激动而中断。）嗯，——亲爱的仁慈的主人？——这对我来说有用吗？你觉得我把你叫来，就是让你双手拧在一起，喊我亲爱的仁慈的主人吗？嗯？你若是有一个小时的时间为我的话，就过来！把你的小板凳挪到火炉旁，让我们像真正的男人一样彼此交谈！

（哈特曼将小板凳挪近点，坐下前屈膝而跪，想亲吻海因里希的手。——海因里希迅速抽回手。）

别这样，都是胡闹。——坐下。

（哈特曼站起来，身体半转过去，悄悄擦眼睛。）

你终于来了，我的好朋友，这几个月来许多人都从我身边逃走。你不担心吗？你不害怕吗？

（迅速打量哈特曼一眼。）

勇敢的哈特曼，我给你写信的时候，你是怎么想的？你也许会以为，你应该从我这里收到一首诗歌，做我的信使，给众多纯洁的贵妇中的某一位带去我的渴慕？——不，我的朋友！说真的，我以往常常受到爱情的折磨！但是现在不再有了。这种痛苦消失在另一种痛苦中，以往折磨我的痛苦，以往与我敌对纠缠我不放的痛苦，现在都淹没在另一种痛苦里。以至于我想起这种痛苦，犹如想起已经丢失的财富。——不过够了！——我现在过得还凑合！——我外面那些好堂兄堂弟说什么了？我的亲戚朋友？我在这偏僻的黑森林里生活了几个月，就像獾生活在洞穴里与世隔绝。他们说什么？他们怎么想的？他们怎么看这件事的？

哈 特 曼：海因里希主人，如果可以的话，我就省去说这些，您也免得听到。自从您突然转过身去背对这个世界，这个世界不停各种各样的谣言，半是好话，半是坏话，讲起来，都是无风起浪。

海因里希：他们也许说，因为我被逐出教会，作为皇帝的朋友，上帝的诅咒才降临在我身上。

哈 特 曼：请让我免谈这个吧！

海因里希：你就直截了当地说出来！带着沾满毒汁的箭，谎言是不会走上真理那一边去的。所以我根本没有当一回事，这一点要相信我！不过你不了解我！

（奥特戈博走进来。）

如果有个人说：海因里希，那个主人，穿着打扮像

　　　　　一个土耳其人，丝织的头巾戴在头上，他的乳白色的牝马是阿拉伯血统，马儿在金色的月光下蹦蹦跳跳，听起来像是先知的鞭痕，基督教世界的上帝为此将阿勒颇[1]的印记钉在他的身上。你看，谁若是这么说，他就不是完全在撒谎。

哈 特 曼：主人，阿勒颇的印记是什么？

海因里希：什么也不是！什么也不是！这是书里写的，到书里看去！够了。

　　　　　（对奥特戈博，）奥特戈博，走近点。孩子，赶紧去我的书房。在我的桌子上有羊皮纸，上面是我写的，还有我的印章，你把那个给我拿过来。

奥特戈博：好的，主人。

　　　　　（奥特戈博下。）

海因里希：看！这个孩子不是我买来的，她自愿做我的奴隶，所有那些地位卑微的仆役和那些侍奉我的太监以及我的侍从都没有她一个人为我做的事情多。如果我每天有100个愿望，甚至1000个愿望，对于她的热忱来说也是容易如游戏，她的热忱会一直带着盲目的虔诚的乞求目光，永不餍足地向我要求。而现在，我还缺什么？我的胡须有点脱缰猛涨，正如人们所云，我发出的不是龙涎香与麝香的香味，就像是在国王的行宫旁。嗯，现在在上帝面前我的气味兴许变得好些，而上帝好像也不喜欢龙香的香味。

---

[1] 阿勒颇，叙利亚西北部城市。

>　　　　　好吧，我现在就更像动物！也许我蜕了一次皮，要破茧而出，就像以前有的故事里所说的，神圣是来自禽兽。

哈 特 曼：我的主人，我的朋友！亲爱的善良的主人！请允许我求您清晰地解释这些话。我求您了！如果有一种莫名的忧伤秘密地吞噬着您的心灵，仁慈的善良的主人，悄悄地结束这一切，我可以和您并肩作战对抗这个隐秘的敌人。您遭遇什么了？您怎么了？

海因里希：（摆出拒绝的抚慰的姿势，疲倦地，）我的朋友，啥也没有。我什么事也没有。你跟我说，基哈西不是以利沙的仆人吗？[1]

哈 特 曼：仁慈的主人……

海因里希：你知道我为什么如此问吗？

哈 特 曼：主人，我不知道，我对《圣经》知之甚少。

海因里希：嗯，到玛利亚圣烛节[2]之前你就会知道了。

>　　　　　（安静。）你这个坚强的男人，对我要有些耐心！一个告解神父需要耐心。你知道这一点就够了，我要赶紧去做一个朝圣旅行，就像那些前往麦加的朝圣者一样，但是你不要问我要去哪里。

哈 特 曼：海因里希先生，您不是用朋友间应有的方式说话。对我来说，在我进入您的精神世界，弄明白究竟是

1　参见《圣经·旧约·列王纪下》第5章。基哈西是以利沙的仆人，因做坏事染上麻风。
2　圣烛节，在2月2日，即圣母玛利亚产后40天带着耶稣往耶路撒冷去祈祷的纪念日。

什么东西在暗暗地折磨着这个最好的灵魂之前，我是绝不会停下来就此罢休的。是什么让您变成现在这个样子？发生了什么事？又是什么突然将你撞出原来的生活轨道？您一直都生活在幸福的光芒之下。您的脚几乎都不会碰到您所走在的尘世上，似乎在您参与的所有搏斗与战役中，有天使手持盾牌在您上面。您从上帝的荣耀那里归来，荣耀铺满全身，声誉先您而飞。您没有去收获您先前耕耘的成果，而是让金黄的草茎在地里腐烂。皇帝的手不是已经满怀仁慈为您张开了吗？他的心不是已经溢满感激之情吗？他的宽和不是已经给予您最美好的报酬了吗——一个亲王的孩子？现在跟我说吧：以上帝的名义，您为什么逃到这偏僻之处，拒绝自己的幸福，将那些绝不可能再回来的东西留于身后？

海因里希：（回过头，瞪大眼睛悲伤地望着他，许久。当他开始说话时，他的声音变得粗哑，他不得不咳嗽一下，开始新的讲话。）我的朋友，《古兰经》里说，生命是个脆弱的东西，瞧，就是这样的。——而且我已经认清了这一点！——我不想生活在一个已经被吹破了的蛋壳里。——你想赞美人类的光辉与荣耀，或者称他是按照上帝的形象创造出的？用裁缝的剪刀划破他：他流血了。用鞋匠的锥子轻柔地刺进脉搏，这儿，那儿，或者就这儿——血液不断地流出来，就像管子里的井水一样，你的骄傲，你的幸福，你的高贵的气质，你的神圣的幻觉，你的爱，你的恨，你的财富，你的行为的兴趣与报答，一句话，你所说的愚蠢错误的仆人！做皇帝、苏丹、教皇！裹着亚麻布，裸露着躺在坟墓里，不是今天就是明天你都必须在里面安息。

哈 特 曼：最沮丧的情绪才会这样讲……

海因里希：从前是轻快的！啊！在喧闹的舞蹈面前，我几乎忘记了行走——在喧闹的赞美诗面前，我几乎不会说话。我的人生转变充满信心，高举着双手：一种幸福，一种祈祷，还有对上帝满怀敬畏。但是正如我启程归家，在上帝身边虚荣的臆想中，发自内心的欢乐听起来几乎纯洁如天使，还有身后虔诚的行为……我拿着神圣之剑归家，命运的肮脏之狗却远远地爬在我的足迹上，一边哀叫，一边在空气中贪婪地找寻着鲜血。那个置我于此地的猎人哪里去了，我要抓住他！

（他站起来，来回走着。奥特戈博这时拿着羊皮纸卷走进来，一声不吭地等待着。海因里希从奥特戈博手里接过羊皮纸卷。）

仔细听着！

哈 特 曼：主人，主人，我不是神父，也不是神父的狗腿子，您知道这一点。您的话打在我的心上，听起来陌生，让人觉得可怕。您所遭遇的……永恒的法官给予您的惩罚：请谦卑地接受！臣服在十字架下！

海因里希：我是皇帝的封臣，我以前和他同时从奥斯蒂亚主教那里接过十字架。它一直都伴随着我。过去十字架是缝在我的衣服上，它已经深深地长进我的骨髓和血液里，将来某天死亡也会如此。——你还想要其他的东西？——死亡将会把十字架从我身上拿掉。朋友！别再祈祷了！现在它们已经离我远去了。

（对奥特戈博，）走吧，我的小爱人！我得谢谢你，不过你还是得走开。你如果想为我用羊毛编织白色的手套，得抓紧！它们容易来迟。走吧！我现在想跟骑士坦露的，不能对你说，只能对他说。

（奥特戈博下。）

好啦！从我的桌子上拿过来的羊皮纸上写的东西是海因里希·冯·奥仍然对你们这个世界的一点愿望……安静，别说话，朋友！不要打断我，好好想想，你得尊重我所说的话。你要做一个信使，将这些话送到我的叔父伯恩哈德的手里。这是我最后的遗愿！——安静，我的朋友！《古兰经》里说，人啊，是很匆忙的。——我所遇到的……我所遭遇的……一句话，你别再问了！你就想着智慧会降临于我身上，但是不要再问，那是什么东西，我怎么变成那样的。——不要再绞尽脑汁去想了！因为你那虔敬的精神不会把你带进荒漠，让你去探究，哈特曼。就这样吧！——谁若爱我，就不要再管了。想知晓的东西，都在这里记录着。把属于我的留下，这就够了。我只想再去漫游——自由自在地，朋友，走在属于我的确定的路上，毫不犹豫，径直往前走！因为如果我像其他的那些残疾人那样待在街道的两旁，或者像流浪汉那样陷在困境中，用我的羞耻来炫耀我的创伤，哇哇叫着把狗唤来舔那些伤口，这些是不会写在我的命运之书的。要是这样的话，天哪！我肯定会擦去的！别了！一年已经过去，我的痛苦也已死去如此之久，在我那令人伤心的坟墓的上方，多少柔和的香脂雨水哗啦啦地落下来。别了！别了！

（短暂的可怕的停顿之后，突然大声说，）现在赶紧收拾好你的干净的衣服，朋友，走吧！走吧！我说，你就走吧！把鞋子上的尘土都甩掉，走吧！要是有人抓住你的衣服不让你走，就把衣服给他，然后走开！走吧！

哈　特　曼：（震惊状，）主人，您说什么……

海因里希：我说，走开！别到处看了，走开！不要碰我，走开啊！不要碰我！因为我被上苍如此眷顾，我必定会给我的周围带来不幸！我是这样一个英雄，以至于其他勇士们都从我没有武装的双手前跑开：摸到我的手带来的灾难比死亡还要厉害。那个小姑娘看到我的时候，只是被我的眼神里的光芒触碰了一下，就死于厌恶……

（奥特戈博进来，面无血色，就像一座蜡像，嘴唇打战，目光呆滞，盯着暴怒的海因里希。）

哈　特　曼：主人，清醒清醒吧！您在发怒！

海因里希：拿起一个树枝，或者剑柄，握紧，打我！拯救我，同时也把你们从我这里拯救出去！一个患狂犬病的猎犬在光天化日之下闯进你们的院落时，你们做什么？！你还犹豫什么！赶紧做！鼓起勇气来！

（戈特弗里德和布里奇特冲进来。）

你们所有人，全都过来，瞧瞧：海因里希·冯·奥，每日洗三次澡，将袖子上的每一粒尘土都吹掉，这个亲王、主人、男人，还是个花花公子，现在从头到脚都被约伯的毒疮[1]所祝福！虽然还活着，但他变成一个死尸，被扔在垃圾堆里，他可以在那里捡起一个碎片，刮去身上的疖子。

（奥特戈博的脸上从内部慢慢出现一种奇怪的、欢快的、几乎极乐般的陶醉。当海因里希昏倒时，一种快乐的自由的欢呼从她的心里挣脱出来，她扑倒在海因里希的脚下，用飞快的亲吻遮住了他的双手。）

奥特戈博：最亲爱的主人！主人！亲爱的主人！想着耶稣！我知道……我愿意……我可以承担您的罪过。我立誓献于上帝！您一定会得到救赎的！

第三幕

多石的荒野，茂密的针叶林，以及秋季色彩斑斓的阔叶林。背景在一片草地之上，能够抵达一个洞穴。入口处被粗糙的板子框住，在板子下面是干树叶、厨具、一把斧子、一个弩及其他东西。秋日的夜晚。

---

[1] 参见《圣经·旧约·约伯记》第2章第7节："于是撒旦从耶和华面前退去，击打约伯，使他从脚掌到头顶长毒疮。"

无人照顾、不修边幅的海因里希，头发与胡须许久没有刮过，在草地上用锄头和铲子挖一个颇深的墓地。他的左手打上绷带。奥塔克尔全副武装，就像从马上下来时一样，出现在岩石突出的地方，小心翼翼地与海因里希保持着较大的距离。

奥塔克尔：（呼喊，）喂！那边的人！嗨！嗨！就你！

海因里希：（仔细听，咬着牙齿说，）喂！那边的人！嗨！嗨！——让我安静一下！

奥塔克尔：你！喂！树林里的狗熊！在那挖什么呢？

海因里希：（同上。）为永恒的欢乐挖一个洞。

奥塔克尔：你在找水吗？你还是在挖宝藏？

海因里希：（自言自语，）是的——我挖的是绝无仅有的大宝藏。
　　　　　（大声地，）过来看看，要是你有勇气的话。

奥塔克尔：（犹疑不决。）你不是一个基督徒吗？喂！那边的人！抓紧啊，偷橡实的东西！

海因里希：（抓住弩，朝奥塔克尔身上砸去。）我会抓紧，你应该想得到的！

奥塔克尔：（用武装起来的胳膊遮住脸庞。）你是个癞蛤蟆！

海因里希：你这个坏东西！

奥塔克尔：灰虱子！你这个该死的毒蜘蛛，你想蜇我？要是你想死的话，就把毒液射过来吧。

海因里希：伙计，生或死，我都会射。

奥塔克尔：停！我还得说句话！先停下，你这个披头散发的无赖：要是你已经死了，魔鬼会问你的。可怜的海因里希住在森林里吗？

海因里希：这是什么野兽？

奥塔克尔：皮肤长满疥癣的野兽！不过以前的皮肤可是跟鹰与狮子差不多。

海因里希：你是谁？

奥塔克尔：我是谁，朋友，这没关系。一个骑士，在暴风雨和战场上的骑士。

海因里希：日光之下最懦弱的胆小鬼！

奥塔克尔：什么？

海因里希：就是这样的！

奥塔克尔：你说什么？你祈祷吧！（奥塔克尔做了动作，似乎是向海因里希冲过去。）

海因里希：我念了两次祈祷文了！你为什么还不过来？

奥塔克尔：杀了你这条疯狗，对我非常不合适。跑吧！——你就跟我说一下，这边是不是有个以前的海因里希·冯·奥伯爵，他病恹恹的，最近从他的农庄逃出来，现在住在这儿。

海因里希：逃出来的伯爵？从农场？为什么这样？你被塔兰图拉毒蜘蛛蜇到了吗？

奥塔克尔：（突然放肆地夸张地大笑，可以看出来，他有点喝醉了。）我疯了！不然我为什么过来找他？

海因里希：走近点！

奥塔克尔：还是算了！

海因里希：过来，没事的。老实说，没有诡计。一个患疥癣的伯爵——你必须跟我说清楚！

奥塔克尔：（坐在岩石上。）好。咱们和睦相处，保持百步距离!你听着!在沼泽地附近,离这步行大约7个小时,有一个农庄。我一直要为我那患麻风病的主人干活,上帝为证,我一直对他忠心耿耿。就是这样的,你不要瞪着我!我跟他发生争吵,来到这个沼泽地。在他旁边,我一直敲打一些异教徒的钢盔,直到火星直冒,还用矛刺穆斯林的马。我将刀剑掷于一旁,怕伤到我的主人的脖颈。就这样!最后可怕的疾病发生在他身上。为什么?他取笑我的护身符,认为一切都没用,嘲笑所有的箴言!我什么也没说。我一直对他忠诚无二,我和他一起躲在农庄上,直到他逃开,跑到这大山里。

海因里希:你找他,你想从他身上得到什么呢?

奥塔克尔:耶稣,玛利亚,约瑟夫!蠢瓜!什么也不想。上帝会保护我抵抗所有的毒汁!他可能对他拥有的东西很有信心。我给他带来个消息。

(他把钱扔给他。)

这儿,是金币!你要是碰到他的话,就告诉他。就像谚语说的那样,物以类聚,你们都是一丘之貉。

海因里希:你自己留着吧!你根本不敢。你像个懦弱的妇人,根本找不到你要找的人。你得给我三巴岑[1]我才当这个送信人。

奥塔克尔:(他手插进皮袋里深深摸了一摸。)什么?害怕?我,奥塔克尔?你瞧吧!前天,当哈特曼先生对我

---

1 巴岑,德国中世纪硬币名。

们说——他是一个勇敢的完美无缺的骑士,现在是奥氏家族领地的总管——他说:"你们中间哪一个像个男人,敢到熊的洞穴里把熊给找出来?"这时我就站出来,大笑说:"我……我,我!我是真正的男人,我来做!"

海因里希:(声音很轻,带有暗讽。)忠实的仆人,过来。

奥塔克尔:(海因里希向他走近了几步,他一跃而起,朝后退。)该死的,你是谁?

海因里希:别怕!我就是你那个长疥癣的海因里希·冯·奥主人。

奥塔克尔:(盯着他看,认出他,跪下,绞着双手,一边祈求,一边躲避。)主人,仁慈啊!不要带我一起去审判!我时时刻刻都对您忠心耿耿,除了刚才我骑在您头上的时候。我们都在保护您的坚固的城堡!主人,在您的帐篷前,以前我有些夜晚手冻得冰凉,但都一直握着宝剑,您知道的,就为了您能好好睡觉,不被吵醒。原谅已经忏悔的罪人的罪过吧!您已经被逐出教会,但是哈特曼骑士说,神父也不能将仁慈之手捆起来。您病了,骑士先生是这个意思:如果上帝想的话,会让您好的。您失踪了。——全部的人,包括您的亲戚康拉德都说您已经去世;但是我们这么多人都发誓,以仁慈的圣母为鉴,为您守住堡垒,因为您仍活着。

海因里希:(假装开心。)原谅你,忘记这些!太好了!精彩极了!别说这了!原谅了,就忘掉吧。你过去忠心耿耿，现在还是忠心无二。过来！够了！你这个勇敢的东西！对，我认识你的英勇！过去就看到你像狼一样撕碎你的敌人，你绝无犹豫！来我的炉火边，我用剑击石头取火点燃树枝，这次是作为仆人为你，而不是作为主人。

奥塔克尔：（经过激烈的近乎可笑的斗争。）天哪，我不能。

海因里希：（似乎没注意到。）什么？

奥塔克尔：主人，我得走了。

海因里希：（同上。）为什么？

奥塔克尔：哈特曼骑士……

海因里希：也是我的仆人！如果我命令你待在这儿……

奥塔克尔：（再次激烈的斗争。）上帝啊，我不行！把那儿的弩拿去，朝我的太阳穴射一箭吧。

海因里希：什么？箭？蠢材！洗尿布的东西！无赖！一个破布、皮袋、马吐的沫子拿起来对付你都特别好！

（将双手伸向天空。）

一、二！滚开！三，四！滚开！

奥塔克尔：（后退。）主人，早点康复……寻找自己……治愈自己，就跟其他人那样做：您将双手浸入一个孩子的血液里。像个男人一样完成……

海因里希：五，六！够了！以为自己是个英雄！吹牛皮！现在注意，能跑多远跑多远！

（他举起双手朝奥塔克尔砸去，奥塔克尔惊慌失措跑下。海因里希，独自一人，突然爆发出狂野的笑声；慢慢地他的笑声又具有一种痛苦的几乎是啜泣

的成分。他振作起来，沉默了少许，然后说，）
这样。——寂静。——不错。——我的领地。——浑身用坚硬的盔甲武装起来。——我自己的世界又浮上来了。——这个世界只有我自己。——我不孤独。不！孤独毁灭不了我的心灵！不会闷死的！——绝不！即使埋葬在坚硬的冰晶里，我也不会感到孤独。——安静：绝对的安静。没有声音！没有器皿碎片的乒乒乓乓，没有小铃铛的叮叮当当。世界大洋：自由——所有的高度和深度都是纯粹而宽广的，在光彩照耀下安静无声。我缺什么呢？继续干活！

（继续挖坟墓。）

你从腐烂之中来，也必将走向腐烂。哦，生命的安眠！死亡的更深的安眠：无论乞丐还是国王！——最深沉的沉默者：死亡！在你的棕色的衣服上沾满了泥土，你又知道什么？自从我们被欲望的怒火残酷地生下来，我们不是就被可怕的刽子手抓住，盲目地抛到这个世界上了吗？！不是有很多蠢人被诱惑到欲望之网中，夜夜甜言蜜语，偷偷苟欢吗？生活是监牢吗？我们是在服役吗？而死亡，骇人的监狱管理员兼锁门人，是你挡住出口吗？说话啊！——我们全都是哑巴：生下来哑巴，在战场上哑巴。在人类面前哑巴……或许石头会说话：——？对的，石头叫了！兄弟啊！——我不是独自一人！在我的悲伤之中我绝非孤单！——一座痛苦和幸福的围墙!

(本尼迪克特神父出现在林中空地的边缘。)

本尼迪克特:(犹疑地喊出来,)上帝祝福你!上帝与你同在,可怜的海因里希!

海因里希:(倾听。自言自语,)喋喋不休的小铃铛!乒乒乓乓的器皿碎片!人类的声音!

本尼迪克特:(慢慢穿过林中空地,从后面伸出手,将手放在正在安静地挖地的海因里希的肩膀上。)我的好朋友!

海因里希:谁啊?

本尼迪克特:你在这做什么呢?

海因里希:为我自己挖坟。你来这干什么?

本尼迪克特:做好事。这是酒、面粉、水果和新鲜的燕麦面包。

海因里希:走开!从这离开!不然,小神父,我就把你钉起来,就像把雕鸮钉在我木屋上一样。赶紧回你的修道院吧!就像褐色的蛇一样,赶紧回洞!

本尼迪克特:仁慈的主人……

海因里希:走开!我跟你说,赶紧消失在空气中,别再让我看到你……或者你让我在空气中消失,再也看不到我。我非此非彼,对于你来说,既非主人,亦非仆人,不健康也没生病。我既不是赤身裸体,也不是衣衫褴褛。头发既剪掉,也未剪掉,你这个秃头的东西。你懂吗?我什么也不是!懂吗?什么也不是!

本尼迪克特:即使一个迷途的羔羊自以为是,他依旧是上帝之子。

海因里希：（突然跳起来，将铲子丢开。）你说什么，啊！你这个小神父，上帝之血！过来坐下，如果你喜欢垃圾、疖子和脓疮的话……谁现在能让我发笑，就是我的主人。我非常欢迎！上帝之子？咦？谁跟你这么说的？跟我讲清楚！我是一个孩子，这是我的摇篮……我要把这个写进我的羊皮卷里。

本尼迪克特：我知道，您是一个令人尊敬的可怜的人，受到巨大的痛苦，遭到强烈的刺激……

海因里希：你说我可怜？咦，小神父，谁可怜？走过来，来到野玫瑰丛旁边，来这荨麻里，来这蓍草中，就在这儿，——现在张开你的眼睛！你看到什么，你这个乞丐，目光所及之处，都是我的：从茂密的森林到起伏的平原，从皇帝的宝座到施瓦本湖边，从山上的树木到谷地里的种子！现在已经收割完毕，变得空荡荡的。果实满满的，都堆在我的谷仓里。这些野兽、草地、水里的游鱼、树旁的叶子，还有树叶上的叶脉和纤维。我的仆人蜘蛛给你的袍子上面织上了纱线。蚊子身上蜇我的触角也是我的，是从我的房间里借出来的。

本尼迪克特：好吧！只是……

海因里希：触角就在那儿！这就是我说的！我累了，不想再当主人了。穿着丝织的衣服，绷紧的鞋子，身体僵硬，而且还与大家隔开，作为我的仆人、臣子和朋友的奴隶，从来看不到锅，可我吃的饭就是用它煮出来的！我倦了，当我想说话的时候，站在高处，弯下腰，两眼像瞎了一样，看不到跟我说话的人。不自由的贫穷的仆人想获得自由，走进世界，要向上爬；而一个主人想获得自由，共享这个世界，他必须沉到地下。瞧，就像我这样。

（他跳进坟里。）

本尼迪克特：主人，上来啊！让我和您一起跪下，让我们两个一起将灵魂献给上帝，他过去是，现在是，将来依旧是我们的主人。

海因里希：（从坟里跳出来。）他起来了！不是你！不是我！他做事情随心情而定，不是因为有人哀泣，也不是根据你的想法！他做这事要是为了其他目的，就会抚摸我的双手，它们绞在一起，露出裂开的指甲，——腐蚀坏了的面容，没有嘴唇，双手从空空的眼眶里寻找……含糊不清的舌头，想组织语言说话，称颂他，却白费力气。小神父，他要是真的被感动，尘世即是乐园，我们就会是神灵，或许我们的主人上帝也不是一次死于痛苦——不！10次！100次！躺在世界被遗忘的棺材里，死了。你懂吗？

本尼迪克特：上帝活着，主人！相信我。您要是真的想找他的话……

海因里希：你来我这儿，就是想跟我说，他还活着？——好。谢谢。走吧。因为你所说的，我已经在寂静之中找到，只为我自己。我知道，我知道他还活着！确实如此，在一个神父过来把他赶到我这里之前他一直在我这里。是的，就这样！不管你摇头表示不信，上帝过去现在都在我这儿。上帝毁了这双看到他的眼睛，撕烂了想爱他的那颗心，折断了向他伸去的孩子的双臂。人们经过身边时听到的，有时也会看到，如果他有眼睛的话——是讽刺的笑声！

（发出狂野的笑声。）

上帝笑了！上帝笑了！

（变了个样，精神集中，生硬地，）

你在这儿找什么？

本尼迪克特：主人，找你！你以前柔和的性情，你的主意……一点耐心……

海因里希：嗯，现在简单点说。马上就到我喂我的枭的时候了，还有十字蜘蛛小姐，她一直都在努力地织网。现在开始说。

本尼迪克特：我是一个使者，主人。不是作为神父派来，而是农民戈特弗里德……

海因里希：（跳起来，对着灌木丛扔去一个石头。）滚开！你来到可怜的海因里希的地盘上要找什么？嗨！打猎的人！愚蠢的看门人！放出狗吧！我要教你学会偷听！

（农民戈特弗里德被认出，从树林里走出来，他之前一直藏于其中。）

戈特弗里德：善良的主人……我是农民戈特弗里德。

本尼迪克特：嗯，是真的！这就是他。我们过来不是多管闲事，而是由于担忧和痛苦。

海因里希：（呆滞地盯着他看，之后变得平静下来。）站起来！他身上带了什么？站起来。过来！谁为你而死了？哪个嫉妒的星星最终用毒辣的光芒将你那俭朴的小屋烧焦？

戈特弗里德：（结结巴巴，几乎要哭泣。）主人，我的女儿……

海因里希：烟熏了我的眼睛，——她死了？

戈特弗里德：没有。

本尼迪克特：戈特弗里德，让我来替你说，简单地讲一下全部经过。我以前也是这个孩子的告解神父！她还活着。对，她活着。自从您离开这安静的村落，她过着非常古怪的生活，完全变了个人，不似以往。一种在我们这个世界之外的生活；一种无法理解的存在，不吃这个尘世的东西，身体内部的火焰似乎要将她的身体掏空。

戈特弗里德：仁慈的主人，她什么也不吃，拒绝一切食物。她就躺下来，呆滞的眼神盯着天空，只是固执地坚持地等着……

本尼迪克特：（将戈特弗里德往后推。）耐心！就这样，主人。当我们来到你面前，被她的固执硬生生地逼过来，她就一直躺在床上，撕开每个枕头上的每根稻草。就像床架上的木头一样，她一动不动，不吃不喝，就这样持续了50个小时。

海因里希：（坐下，开始削胡萝卜。）说清楚点！要是她病了，就去给她找医生。我要是医生的话，我就自己把自己治好了。秃头兄弟，你们过来找我做什么？拿蓬蕟术的种子和药。小孩子的病，看起来这么严重，事实上都是起源于非常可笑的事情。她不只是个孩子吧？赶快，把这个放在她身边，它能让病中的少女很快长成健康的强壮的女人。

本尼迪克特：亲爱的主人，我认识她，照顾过他……

戈特弗里德：对，神父，不过我更了解……

本尼迪克特：她把青春全部的忧伤都带到我这里来。

戈特弗里德：从她来到这个世界的第一天起，就一直都在我身边。

本尼迪克特：您说话啊！

戈特弗里德：对，主人说得对。就是这些年，让她筋疲力尽。所有的事情原本都应该正常起来。神父，您不是，而且布里奇特……

本尼迪克特：戈特弗里德，想想看，您最近干了什么，这种努力的结果怎么会变成这样的？

戈特弗里德：仁慈的上帝！我知道。如果这个孩子被我作为一个农家少女养大的话，当我把求婚的男人带给他的时候，她就不会跌落在地，一蹶不振。——主人，为什么您要离开我们？早晨，她像往常一样来到您的床前，端过来新鲜的牛奶，发现您不在，着魔似的暴怒又会在她身上发作。要是您今天不和我们一起回去的话，她会憔悴不堪，会死去啊！

本尼迪克特：您不能在森林里久等。您看，就是我这样习惯于艰辛生活的人，在教堂或修道院里过着，有时也要到善良人们的温暖的火炉旁,到遮挡暴风雨的墙脚,到一个坚固的屋檐下。

海因里希:你这个蠢货!秃顶的皮条客!而你呢,头发灰白的笨蛋!走开!你们俩在这里找什么?蓟草花上找无花果?荆棘丛里找葡萄酒?我是谁?我是什么?我的充溢又在何处,乞丐们都过来想和我一起共享?笨蛋,你在找我?太可笑了!当你让我住在你家里时,你不是背负着巨大的痛苦,蹑手蹑脚到处乱走吗?你不是在你的农奴面前活在巨大的恐惧之中?如何?你和你妻子的眼神不是已经暴露了你们心中的恐惧与渴望吗?你们虽然掩饰得很好,可你们的眼神不是在祈求:走吧,给我们自由?

戈特弗里德:上帝为证,您错了,主人!

海因里希:没错!廉价的谎言,不停的吵吵嚷嚷,为了骗过懦弱的羞耻心,你们的同情都扔进了我的木槽里。食物对我来说看起来似乎不错,但也只是短暂地一会儿,其余也没什么。所以我逃到这荒郊野外。我拿起那些生活留给我的东西,迅速逃离。一个亲王跑了!活着的被践踏过的仆人,在可怕的追逃中一直尾随他。他朝我大声喊叫!他哀泣着!他给我提供年轻少女的身体做交易……我已经说得很清楚,你们懂我说的话吧?走开!赶紧走!——我已经说得很清楚了!你们过来……来……来……我该怎么说呢?你们是谁的帮凶?为什么你们站在这儿?听着,她来过,在第三天就来过。她找到了我,因为

　　　　　　她就像一个小狗一样嗅觉灵敏。是的，她来过。我见过她，以上帝为证，那个上帝不认识我，也不会在意我的痛苦，我跟你们俩说：这是魔鬼的最无耻的流氓行径。只是这个行不通。——我笑了，我吹口哨，好像她是那边森林旁的一棵树；我做这一切，似乎我没有被偷听，每次大小便都暴露在她面前，怒火冲天，让她远离我从我身体四周扔出去的东西。

本尼迪克特：她渴望拯救您，主人！这就是她来找您的原因。一个传说钻进了她的耳朵，是您的仆人奥塔克尔首先告诉她的！人们说您的病可以通过血液治愈。萨勒诺的一个师傅说可以治愈您的疾病，前提是一个少女自愿将自己献于他的刀下。

海因里希：你们信吗？

戈特弗里德：不，主人，我不信！她一直固执己见，丝毫不退让，坚持着这个虚妄的幻念。您帮帮我们！帮我们把她从撒旦手里抢回来。

本尼迪克特：你们下的这个判断太仓促了！谁敢决定，哪些东西是上帝的力量的展现，还是魔鬼的诡计？在她身上是神圣的冲突。从我们这狭隘的尘世出来，她渴望献身；经过这道门秘密地进入永恒之光。谁又知晓，这是为谁的幸福？

戈特弗里德：任何人都不是！不是为任何人的幸福！神父，她会走向毁灭。

本尼迪克特：不，上帝不会离开那些找寻他的人！即使她落入魔鬼手里，上帝父亲般的目光也会深入深渊之中，触及渴望拯救的罪人之上。相信这一点。不要让任何怯懦战胜你们！确定的是，她如此固执，仿佛要从上帝那里夺来殉道士的王冠。不过……愿主恩典！谁去直接告诉她是幻觉占据了她的心灵？《利未记》里说，血液是生命的补偿。这跟她内心深处的声音一模一样。

海因里希：呃！是这样！你怎么想的呢？她在做梦。她有幻觉。她以为上帝喜欢血液的味道。让她通过血液来换取高利贷债务的利息，这种高利贷已经在我们身上化脓了。你们都错了，走开！她也错了，你们听到了吗？除此之外，从前我在书里乱翻，也不像现在这样拥有灵魂的无言的智慧，我知道，每种治疗都不过是愚蠢的举动。走吧，把这说给她。我知道！瞧，我完全平静下来，在虚空的深渊里，我变得清爽而冷静——虽然很奇怪！我现在说话完全是心智健全，非常冷静，好像来自那边溪流，而非来自这边温暖的胸膛：我完全无罪。你们跟她说，我没有罪，非常纯洁，没有污点。我血液里的疾病到现在也无法玷污我灵魂上的洁白。跟她说，人无法用血液来洗涤纯洁的亚麻。若有人试着这样做，跟她讲，这是在为古老的毒蛇服务：错了！这不是侍奉上帝的法子！

本尼迪克特：（后退，摇摇头表示不同意。）主人，这样对她说她实际上是刺激她牺牲的渴望。对她，就像对我来说，您的这些话像是表明这只会增加您的罪过。因为忏悔和谦卑是唯一能够引领您走上救赎之路的东西。

海因里希：不要再相信你们的谦卑了！你们都太傲慢了！当你们在上帝面前弯下腰，匍匐在泥土里，你们的傲慢已经像一个罪恶的妇人一样骑在你们的脖子上。你是什么东西，能让他念起你？我的朋友，他会念起你可笑的罪？念起你可笑的悔恨？你认为，没有上帝的意旨，你可以做什么事情吗？往这儿瞧，我常站在这块岩石上，发出渎神的话，回声也一样带着诅咒和讥笑亵渎神灵：我们两个都比鸟儿的叫声、树叶的沙沙声、流水的哗哗声叫得更响。然而，我们跌下去的究竟有多深，什么样的罪过又能称为反抗上帝！

戈特弗里德：主人，您自己说……您自己亲自和她说！您的一个声音就能像面包一样让她恢复精力，就像一瓢水对于一个即将渴死的人一样。我不知道，是谁赋予您如此的魔力，谁将她的心与您紧紧连接在一起……可是这一点就已足够：在您一个人独自散步走过的田间小路上，她亲吻您留下的脚印。她睡在您的房间，单是您的名字就能够缓解她的僵硬躯体的痉挛。如果您和我一样诅咒这个该被诅咒的医生的治疗方法，那就过来：将生命还给她！您去跟她解释清楚，医生在说谎，这个世界上没有这种方法……

海因里希：（激动地继续说，）这个世界上没有任何力量能够将我洗干净！那个撒拉逊的医生是一个巫师，一个异教徒，他就只想从我这里骗取金子，其余什么都不是……这都是谎言……我病了，可是我没变成懦夫，没变成笨蛋。我不会轻易掉进给笨蛋准备的陷阱，也不会相信一个孩子的血液能够治愈疾病这种臆想。对，我知道！我知道这，我还知道得更多。我说这些，我还有更多要说的。对！看着我，就这样：她之前来过我这里。对！我在这儿见到过她。我当时不知道如何逃离地狱——我做出放肆的行为，扔石头，朝她吐唾沫，把我干裂的双手伸给她，恐吓她——巨大的恐惧悄悄降临到我身上，以至于我抑制不住自己，摸她，抓住她，玷污她：击打她的肩膀！她的脖子，还有她那细细的脉搏……我说，你们俩走开！这都过去了！全结束了！——瞧，当她喊叫的时候……声音让我哀泣："我想拯救您，可怜的海因里希！"——我就大喊："我患了麻风病！离我远点！"——我跟跟跄跄，跌倒躺在地上，至于多久，我不知道。当我醒来的时候，她就在我身边！她在我旁边坐着，站着，跟我讲：有一个医生……耶稣基督……献祭给天国是幸福的……说这说那……她不愿再待在尘世，她想死去，我不应该……我不应该堵住她去天国的道路，应该跟她一起马上到萨勒诺人那里去。当她打开稚嫩的心灵，关于那个治疗的邪恶的妄念，讲得又长又多，我不知道该如何是好。我往上跑，越过树

　　　　　　　根，跨过溪流，——一直奔跑，一直逃开，直到上气不接下气，在离你们几公里外昏倒在这里。——这很好！先生们，因为我要逃离开，你们掂量一下我做的事情。我不是被最可怕的诅咒伤害，又被你们每个弱小的人保护吗？我不是被逐出你们的世界，也不受约束包括王公贵族在内的人们的律条的限制？想想看：她来到我这里，独自一人……一个流亡的灵魂在我的体内激荡：该死的天使，上帝把她送到我面前，我拒绝了。你们还想要我怎么样？好了！走吧！我该结束了。我的话到此完结。我饿了，必须先填饱这个臭皮囊。我怯懦的灵魂还要拖着这副臭皮囊。为什么，上帝知道？去哪里，上帝晓得？够啦！

本尼迪克特：（震惊，久久不语。）主人，再见！找个落脚处！——
　　　　　　（轻声，同情地，）
　　　　　　主人，寒冬到来！——找个落脚处！
　　　　　　（对戈特弗里德，）戈特弗里德，过来。

戈特弗里德：找个落脚处！
　　　　　　（两人下。）

海因里希：（独自一人。）他们走了。乱七八糟！内心的波动！没了。——一个孩子！——世界，英雄们！所有东西都枯萎，一个孩子站在颅骨堆的荒漠里。在召唤！你站在骨头堆成的瓦砾堆上召唤我去何方？不！我要抵抗这种打击！——这是我的铲子。——这是梦！以前那里有东西！在中午，那边……我不知道！——世界？什么？——你召唤我？——上帝？什么？

（他开始挖。）

我不知道。——找个落脚处！找个落脚处！

第四幕

本尼迪克特森林小教堂里面。左侧是祭坛和长明灯，右侧是入口的门。背景是教堂的一面墙，离祭坛不远处，墙上有一个低门，此门通向神父扩建的小居室。墙壁皆用图画覆盖，下侧有许多蜡做的脚、手及其他东西。祭坛和十字架都是简单地用秋天的花朵装饰。

布里奇特和本尼迪克特站在大门不远处，用不高不低的声音说话。布里奇特正准备出门，她戴个头巾，胳膊上挽个篮子。

本尼迪克特：他们撒了许多谎。布里奇特，谁知道哪些话是真的呢。

布 里 奇 特：本尼迪克特，我们必须相信。那个从未撒过谎的老仆人，亲眼看到过他。老仆人几乎没有说过话，他甚至准备将手放在十字架上起誓。

本尼迪克特：呃，太奇怪了！——他悄悄溜进坟墓里？

布 里 奇 特：不是的。那个老仆人看到他悲哀地平躺在草丛里，就是后面的花园深处。看到他悄悄走进坟墓的是昆茨，那个牧羊人。

本尼迪克特：老仆人说，他向上跳？

布 里 奇 特：是的，当老仆人喊他的时候，他往上一跳，跑过田野。

本尼迪克特：对此我无法相信……无法理解。特别是：他想做什么？——你们家的大门从来都为他敞开着！他现在像狼一样在农庄四周徘徊，却是为何？

布里奇特：我不知道，也没人能搞明白。人们都说，他现在像个野人一样，几乎蜕化成野兽，他对一切都很绝望，会做出极端的事情。

本尼迪克特：不可能！你想想看，这样的一个男人会迷失自我……皇帝的朋友兼战友，我最近还见过他：虽然衣衫褴褛，但是风采依旧。到处都见到他的行迹，附近都闻到他的味道，这说法很蠢。

布里奇特：（热烈地，）神父，你认得那条黄色的猎犬。昨天仆人们和它一起埋伏起来，那个人午夜过后过来，在大门口摇摇晃晃。人们松开狗，狗没有攻击他，不是愤怒，而是愉悦地跑到他的面前。狗儿偎依在陌生人的脚前。

本尼迪克特：这事先放一放！在我这儿，孩子现在在上帝的保护下：在我房间里。首先这是好事！虽然我不相信……一直不相信你跟我说的流言，布里奇特——可怜的海因里希或许在外面的世界里过得不好……

布里奇特：人们甚至说，他们已经在康斯坦茨庄严地把他埋进他的父辈们的墓地里。

本尼迪克特：我说，他的财富也许比较危险，他的名字也许已经从活着的人们的名单里被勾掉……这个人的心灵更加强健，一如强大的恶魔的肩膀增加了两对翅膀，还有更多的东西：带着他向上飞翔的白色的翅膀让他麻痹，现在他在黑色的那个翅膀上休息。我看到他在世界的边缘丝毫无惧，在那里万丈深渊让每个人都眩晕无比，有死者的勇气只能支持着他。——他为自己掘坟！相信我，在他像个窃贼一样在小屋周围溜达前，他还要将自己放入坟中。不过，可怕的一点是你们家的孩子也被诸多谣言感染……当她从那个奇怪的拜访得知信息后，那个拜访让你们家都骚动不安，她就像一个盗马贼一样往陷阱里冲。

布里奇特：现在我得走了！——耶稣保佑！天色渐渐变暗，路还很遥远。戈特弗里德在等我回家，我在这里逗留太久了。请允许我跟他说，她在你们这里表现得很勇敢……

本尼迪克特：安静！嗯！轻声点说，别让她听到我们讲话……你自己也看到：她总体上还不错，只是她一直以为，他会来的。就像那个聪明的少女一样，她一直将自己的油灯里装满油，提在手里，期待着他的到来就像期待着我们未来的基督一样！这个念想支撑着她，所以从我用善意的谎言对她的狂热的念想做了保证之后，我一直要用谎言来填饱支撑着这个念想。时候到了，办法就有了！时间……时间流逝，她胸中的幻觉会慢慢地平息：那时也许她披上修女的面纱。

布里奇特：要是上帝的旨意，这也许会发生！

（哭泣。）

啊，要是我们的主人已经死了！

（她猛烈地吻着神父的手。）

本尼迪克特：（感动地，）走吧！平静下来！我应该说什么才能让你平静呢？也许在某个神秘的时刻，当上帝在燃烧的荆棘丛里向我们显现的时候，我的内心深处有一种幻觉……一个认知在我身体里……或者至少是一个强烈的信念……我觉得这个孩子就是何烈山[1]上的一个荆棘，一直在燃烧，但却永不会烧尽。

（从后面的小门传来噼噼啪啪的声音。）

布里奇特：（惊恐状，）这是什么？

本尼迪克特：（将她往外推。）没什么！走吧！没什么！赶快！

（布里奇特下。本尼迪克特神父独自一人，仔细倾听，直到他听不到布里奇特愈来愈远的脚步声。之后他听到从小房间里传来奇怪的声响，他不高兴地摇摇头，走到门口敲门。）

孩子！奥特戈博！

奥特戈博：（声音从里面传出来。）好的，神父，我来了。

（她穿过门走进来，手里拿着一个点着的灯笼。在此期间天色已经几乎完全暗下来。）

本尼迪克特：（从她的手里夺下灯笼。）你又违抗我的禁令？

奥特戈博：（轻声地，苍白的脸色上却富有精神，神情很陶醉。）耶稣！玛利亚！约瑟夫！我把我的灵魂献给你们！——耶稣，玛利亚，约瑟夫，在最后的关头

---

[1] 何烈山，又名摩西山，是基督教的圣山，参见《圣经·旧约·出埃及记》，耶和华的使者在何烈山的荆棘中向摩西显现，荆棘燃烧却不会烧掉。

帮助我！耶稣！玛利亚！约瑟夫……

本尼迪克特：听着，孩子，要听话，要顺从大人的意思。因为把你交给我，在上帝和你的父母面前我都要照顾好你。——你今天为什么鞭打自己两次？

奥特戈博：（战栗着，亲吻着神父袖子的镶边。）神父，我不知道。

本尼迪克特：怎么？你不知道？你在你自己身上打出来新的血色鞭痕都没意识到？

奥特戈博：神父，这对我有好处。

本尼迪克特：什么？

奥特戈博：神父，鞭打之下我能够呼吸。

本尼迪克特：怎么？孩子，你不能呼吸吗？

奥特戈博：（叹息。）很难！

本尼迪克特：现在我们把献祭的蜡烛点着，是你的母亲装在篮子里带过来的。然后我们一起祈祷，感恩上帝给我们送来的晚餐。这也是在你母亲拿来的篮子里。过来！

奥特戈博：（平静地站着，一双大眼睛里噙着泪水，盯着十字架。）神父……

本尼迪克特：什么？

奥特戈博：我完全准备好了！

本尼迪克特：准备好做什么？

奥特戈博：受难死去。

本尼迪克特：现在别这样。我觉得你得把你的想法转到尘世其他的方面，这很重要。你必须活着，对不对？要是你想为上帝服务，你必须好好活着，在他要求你的时候你再把你的生命献给他。

奥 特 戈 博：对，神父。

本尼迪克特：拿着！过来拿着，吃点东西，喝点你父亲的葡萄酒。

奥 特 戈 博：（坐在圣坛的阶梯上，看着盖在上面的套子。）神父，你不觉得他不久就会回来吗？

本尼迪克特：对！不过他不会再在那个老地方了。

奥 特 戈 博：你是在哪里遇到他的？当时他在给自己挖坟。

本尼迪克特：他不会再在那里了。不在了！人们说，他在生命的终结前想再看一下这个世界和他所有犯过罪的地方。

奥 特 戈 博：他跟你说……他跟你承诺他会再来的，对吗？

本尼迪克特：对的，确实如此！人们说，贵族们常常不受许诺的限制。你是个可爱的孩子，心里怕又过于敏感，要有耐心！慢慢会好的！斋戒、祷告和守夜对你来说这些清修苦行已经足够。——你的善良的身体会照亮黑暗的！你向上帝祈求耐心和平静，这会让我们耐心等待。

奥 特 戈 博：神父，他今天会回来！

本尼迪克特：你这么想？

奥 特 戈 博：对！

本尼迪克特：为什么你这么确信？

奥 特 戈 博：因为我夜里醒着，今天白天还听到两次麻风病人特有的声音。听！在那边！又有了。

本尼迪克特：什么？我听不到。不，孩子，你要是没有更充分的理由，看到更明显的标志，刚才那不过是风吹房顶上疏松的木瓦，所以你得相信……

奥特戈博：他马上就来！就在今天！我确定！我知道。昨天午夜时分我像是被一声大喊惊醒……有人说："醒来吧，我们的主人在附近！"我把花冠放在灯笼上，装上油走出来。——就这样，神父！——我在门槛上等待。我在那儿安静地坐着，沉浸在自己的世界里，没有注意外面的风雨，突然……一个恐怖的叫声发出来，非常可怕，我从未见过。一定是诱惑，我这样想道。但是惊愕之下我几乎失去了意识。空气中充满了吼叫声、吱嘎吱嘎声、笑声和狗吠声。狂风的呼啸声就像狼群发出的声音，猛烈而恶心！之后……我想逃开，拯救自己，跑到你的怀抱里，跑到圣坛旁边，那时……然后……我把双手遮住了眼睛：就这样！之后我看到一切都变得清晰明亮起来，就像我现在看到你一样。我当时也看到了自己：我的尸体，裸露着。魔鬼的头像狗头一样，取得可怕的胜利，暴风雨里拖着我的尸体，一把长长的匕首插进我的胸膛。——神父，把你的手给我，我感觉很晕，我……我自己……地狱开始敞开！罪恶的念头在我的心里升起，好像我必须跳起来，跳进旋涡，就像在地狱里毫无羞耻。可是……可是它就发生了！我的意志很纯洁，在所有的争执和纠结中都一直很坚定，上帝认出这一点，也认可

> 这一点。他从地面上吹起仁慈的气息，吹散夜晚的幽灵。然后，寂静无声，在午夜时刻，从东、西两面飘过来，很明亮。就像特别明亮的灯光从井里涌出，两个寂静的陌生的太阳同时从那个光照里升起。神父，缓缓地，它们越来越高，直到融化在高高的苍穹里。当时到处是一片纯净：在我心里，在我的四周，天空中，地面上。而在我上方的两个行星中一个可爱的基督诞生了！沸腾声开始。在成千上万个合唱中我仿佛听到一句话，就像是"须以心向上"[1]！或者是"荣耀归于天国"！一个声音听起来非常响亮："阿门！你若请求，就会应验！审判之剑已断！"

本尼迪克特：嗯，是这样！我对此一无所知，只知道尘世之事，通向永恒之光的窗户不曾为我开启，我一直在监牢之中，在黑暗之中受罪。你要教我！他的祝福通过孩子们的口中实现。

奥特戈博：（大笑，就像是发自内心深处的快乐。）当他有时称我为小圣女时，你觉得当时他会想到这吗？

本尼迪克特：孩子，我想很难。安静！我们切莫骄傲自大，渴望把也许会得到的王冠用自己罪恶的双手压在我们的头上。孩子，接受这一点，你被上帝召唤，走在一条正确的道路上。所以你要加倍小心，保持谦卑，铭记人性的原罪，从亚当的堕落开始这就为我们人

---

[1] Sursum corda! 须以心向上！拉丁文，做弥撒时开头用语。

类所独有。几年前我就和你的母亲说起过一个虚荣的骑士：他被凡人的爱所引诱……这是说，他把可怜的灵魂系于一个凡人身上，而不是上帝：那是一个妇人！——一个妇人！然后事情就发生了：当那个骄傲的妇人不再理会他时，他就瘫倒在地，整个世界对他来说已经不值一文。瞧，你的身上也存在一种固执：同样的固执！我很担心，你的心思不再在上帝那里，就像我当年心思不再在尘世一样，当他拒绝你一直将眼光盯着的东西时——你的渴望之所在不会满足你。

奥特戈博：不，神父，我知道得很清楚……

本尼迪克特：你敢臆测上帝的意图吗？谁会认为那个王位被罢黜的人，值得这样的怜悯？他们已经把他包围起来！——就是康拉德伯爵的仆人！他们围捕他就像是围捕熊跟野牛一样。一切都是上帝的旨意！那个萨拉丁医生，他或许跟撒旦是同盟，是一个专门猎捕人们的灵魂的人，是地狱之海里的海盗！这种血液治疗难道不是非常可耻的做法？也许我们的主人已经远远躲开了……

（奥特戈博晕倒。）

也许……只是可能而已！这不确定。你怎么了？你浑身发抖？过来！你流这么多血。你这个圣女，要是进有朝一日进天堂，不要把我忘记。

（与其说是领着她进小屋里，不如说他是把她背进去的。教堂里空荡荡的，长明灯和一些献祭的蜡烛在燃烧。接着传来短暂的拨浪鼓的声音，海因里希走进来，就像一个窃贼一样战战兢兢，戴着兜帽，穿着破衣服，面目全非。他手里拿着拨浪鼓、木棍和一个小包。)

海因里希：（他拖着身体走到祭坛的阶梯旁，就像一个乞求保护的人那样跌倒在上面。他气喘吁吁，绝望的话断断续续从他体内迸出来。）祷告！我不能祷告！上帝啊，告诉我！为什么你不跟我说，我可以祷告？泪水！给我泪水！火焰之舌已经沾上毒液，我可以用泪水把燃烧在废墟上的这些东西浇灭！——杀死我吧！杀死我！我像一个海狸一样，正准备潜入冰冷的水底，那里没有任何东西在燃烧，你这个阴险狡诈的猎人却施诡计诱骗我，把我从安静、宽广、深邃而凉爽的大海边上骗过来。浇灭火焰！浇灭我身上的火焰！将黑暗宫殿里所有火焰带来的折磨都浇灭。永不要再唤醒我！因为太阳总是用有毒的箭矢折磨我！睡眠，把睡眠给我！我的床铺根本不是一个床铺，太阳之蛇每夜总是在我的头脑里咆哮不已：把我从可怕的光线之下拯救出来吧！为什么你要播下仇恨的种子？为什么你把那些先天失明的人像冰雹一样抖落在大地上，让他们自己折磨自己？为什么你要用忧伤的奶汁抚育我们？为什么我们要悲叹不已，在太阳的火焰下忍受痛苦，却得不到一丝清凉？上帝啊，遗忘了……你真的把我遗忘了！你觉得，我没有价值：在你那用血液粉刷的建筑上我做不了建筑的材料!你的建筑以血液为基底,砂浆也是杂有血,它可怕地向上延伸,充满令人恐惧的生命,这让我不寒而栗。忘了我吧,可怕的屋主!如果你缺少一点点东西,还有用吗?如果你把我从痛苦与拯救之中解脱出来,释放我,把我从你的工作,从徭役和报酬之中流放出来?!

本尼迪克特:(提着灯笼进来,看到这个脸被裹住的人,十分惊骇,询问,)你在这里找什么?——你是谁?

海因里希:不要问我。

本尼迪克特:这么晚你在找什么?

海因里希:找……刚才我也在想我在找什么。

本尼迪克特:什么?这什么意思?

海因里希:人就好比一个筛子,神父,他抓不住东西。

本尼迪克特:你是谁?

海因里希:你猜!

本尼迪克特:我请你告诉我,你这个神秘的人!你现在是在神圣之地,你若是想请求上帝的宽宥,非常欢迎!——相信我,告诉我你是谁。

海因里希:神父,你看,我也不知道。

本尼迪克特:你难道不是一个基督徒?

海因里希:我是已经埋葬的人。

本尼迪克特:(画十字。)上帝赐予那些失眠的精灵以平和,可是你看起来是一个有血有肉的活人。

海因里希:神父,救我!神父,救我!去跟上帝说,他是你的天父,是你的主人,让他把我从人们的愤怒中拯救出来！你是他的仆人。跟他说，让他唤回那些追踪我的可怕的人群，他们像狼一样对猎物和嗜血非常疯狂。我什么时候给井里下过毒？我什么时候用我的血液和癞蛤蟆的卵子做成小球丢进人们饮用的泉水里？我什么时候做过这种事情？救我！把我藏起来！他们一直追着我。这片土地四周的木柴垛都在冒烟：赶紧把我藏起来，不然我就会被活活烧死。快关上门！我是无罪的！不，不要开门！救我！救我！他们全都憎恨我！——是的，我只是戴着兜帽，穿着破衣服，悄悄走路。我就像走在刀刃上，每走一步我的脸庞都被鞭子抽打一次。我要恢复健康，神父！我要痊愈！治愈我吧！把我血液里的可怕诅咒拿掉吧：为此我付给你满堆的黄金，高到你的脖子处。我有钱，洁净我！让那些不停在我的耳畔叫喊着"不洁净""不洁净"的声音都息掉。我会把所有的财富，把所有的城堡和城市都给你，这就跟抖掉手里的沙子一样容易。他是你的天父，你的主人，你跟上帝说！跟他说，他已经惩罚折磨我够了：他已经让我充分体认到他是谁，我身体内已经没有任何东西可以摧毁了。神父，快跟他说！跟他说：我已碎裂，我已毁灭，我的躯体也已经腐烂，甚至给狗做食物我都不够格……我们的天父上帝至高无上！全能无比！我赞美他，一直赞美他！没有他什么也不是，我什么也不是。我渴望活着！！我渴望活着！！！

（他悲咽着，倒向神父的脚上。）

本尼迪克特：您是海因里希·冯·奥主人？

海因里希：不，我不是他！人们已经把他埋葬了。你往那边看！自己判断，他是否还活着。

（他拿下兜帽，露出苍白、饥饿、完全扭曲的面容。）

本尼迪克特：（惊骇，后退。）主人，主人，真的是您。

海因里希：跟我说说！仔细看看我，研究研究，我到底是不是他。我不过是个奇怪的人，忍受着永不停止的折磨，在疯狂的意念里不停唠叨着、吹嘘着：我以前是个领主，是世界上最大的领主之一。我是谁？快跟我说！最近我被埋葬在康斯坦茨，在我的家族的墓地里，可我还活着。我这是在坟墓里做梦吗？你怎么想的？我在做梦吗？我还活着吗？钟声响起，我被埋葬，当他们把领主权力的象征物和棺材一起抬过来的时候，我站在一旁，这是梦吗？有人拿着火把，把我的脚给烧焦，这是梦吗？我听到堂兄康拉德从教堂里走出来时，幸灾乐祸地笑着说："让人们看看，这样的一头猪能否打开墓穴？"你告诉我，这是不是就是那个一开始为我操办棺材和墓穴的康拉德——那个我以前用金条从摩洛哥赎回来的人？我就是那个做过这件事的人吗？或者这个一贫如洗脏兮兮的狗，如果在田地里发现了甘蓝叶球，就会模仿人类的行为，感到恐惧，开始哆嗦，怕得爬了七英里，穿过坟地、荆棘和水坑，就为了不再看到那个女蛇妖？

本尼迪克特：一个沉着冷静的精灵进入您的身体，让您对我一直说了一个小时……您说："世界智慧和宗教有一个共同的深刻的意义，即让我们镇静自若，将自己武装起来；是这样一种学说让我们把自己完全沉浸在上帝的意志里，完全交给上帝。"

海因里希：（脸色突变。）不！不！这不是我的意思！那个孩子在哪里？

本尼迪克特：（恐惧地，）哪个孩子？

海因里希：那个小姑娘！那个孩子！那个小傻瓜！戈特弗里德的女儿！

本尼迪克特：为什么要问这个问题？什么意思？你要对那个孩子做什么？

海因里希：我要做什么？你想问我什么？

本尼迪克特：我想研究一下，一个基督徒是怎么想的。

海因里希：（狂野地）上帝仁慈吗？

本尼迪克特：是的！

海因里希：他能拯救我吗？

本尼迪克特：可以！

海因里希：他能够用这个孩子拯救我吗？一句话：她在哪儿？

本尼迪克特：谁？——您可是一个高贵的人，主人！

海因里希：你是一个无赖！

本尼迪克特：您认为这个可怜的苦命孩子，在黑暗之中寻找走向上帝的路途，战战兢兢地走在深渊旁会迷路吗？

海因里希：她在你这儿！是还是不是？

本尼迪克特：不在我这里。

海 因 里 希：不在？神父，听我说！仔细看着我的眼睛，你说每句话前都要掂量一番。在我的脸上写着警告，燃烧的荆棘把嗜血的文字雕刻在我的脸上！不明白？若是你的沙漏已经走完，你马上就会死去！

本尼迪克特：主人，凶悍的威胁不会让我觉得可怕。虽然您今天很奇怪也很吓人，深渊的闪电闪动在圣洁的空中，不过天父会保佑他的孩子……

海 因 里 希：如果你说谎的话，没人会保护你！她在哪儿？她在你这儿！我连续两个夜晚蹑手蹑脚地在戈特弗里德家旁边转悠，穿过篱笆和树丛，埋伏起来暗中窥探，仔细偷听每一细节，可是还是没有找到她。我也是一个贵族！她肯定在你这里，一个仆人在马厩里暴露了这个消息。他拍着牝马的胁腹说："要听话！不要像那个农民的孩子！不然的话，就把你送到修道院里跟神父结婚！"

本尼迪克特：主人，怎么……你现在最好先跟我说说：你为什么像个小偷一样在戈特弗里德家旁边转悠？你想对奥特戈博做什么？

海 因 里 希：玩游戏！——在皇帝的宫殿里，她可以赚得3赫勒[1]。对，神父，这就是我想做的。——没了。——这和你有什么关系。

本尼迪克特：主人，您以前不是自己教过我们……

海 因 里 希：我是谁，我以前又教过谁？作为回报，你现在告诉

---

[1] 赫勒，旧银币或铜币。

　　　　　　我她在哪儿。

本尼迪克特：不在这里！反正不在我这里。

海因里希：不在这里？她究竟在哪里？

本尼迪克特：在上帝那里。

海因里希：究竟在哪里？

本尼迪克特：在上帝的手里。

海因里希：她在上帝那里。这是什么意思？——她死了？

本尼迪克特：不，谁在上帝那里，必得永生。

海因里希：她真的死了？

本尼迪克特：只是对于尘世而言。她是天国的新娘。

海因里希：好吧，神父。我知道了，我原本就应该知道的。拉紧绳索！够了。

（筋疲力尽，非常难过。）

我最后再说一点。神父，今天已经教会我：没人能够如此可怜，可是上帝能让他更可怜。强盗能从一无所有的人手里抢走什么东西？这个孩子已经死了！她死了，死了。当一个苍白的拉撒路告诉我她已死去，她为了这个患病的主人伤心死去，借助疯狂的强力我压抑住心中跳动的可怕的呼声，保持沉默。我不相信。我的双脚飞走了！往何处？我也不知道。穿过田野，穿过树林，沿山而上，顺谷而下，跨过不断奔腾的流水，直到我站在这最后一道门槛上。为什么我要跑？什么样的黄金奖章能够让我像一个奔跑的人一样跳来跳去？我想找什么？难道不就好像是一个火把突然把我吸引？我自己就是一个火把，一只野松鸭，在森林里燃烧、大叫？我感觉……空气在我的四围低语：她没死！她还活着！你的小爱人尚在人世！——尽管如此，她还是死了。

奥 特 戈 博：（出现在小房屋的门口；低声说话，几乎听不到。）不，她还活着！

海 因 里 希：（既没看到她，也没认出她。没有变化地，）刚才谁说话？

奥 特 戈 博：我！

海 因 里 希：谁？

本尼迪克特：（轻声，急切地，）走开！你来这干吗？

海 因 里 希：神父，刚才谁在说话？

本尼迪克特：我没听到有人说话。

奥 特 戈 博：我！

海 因 里 希：你？你是谁？再说一遍！谁？谁说话？

奥 特 戈 博：我！奥特戈博，您的小爱人。

海 因 里 希：（极度震惊，沉默了一会儿，然后说，）谁？不洁净！不洁净！不，待在那儿——别说话！虽然我觉得你只是个影子，我确定这一点，可是没有凡人能够知道我血液里深不可测的毒液能否侵袭圣洁的幽灵。不要再靠近我！不，停在远处！我知道，你没死，可是我……你可以为我而死！我希望你的形象是最后的闪光，活在我的破碎的眼睛里。不，不，你不是奥特戈博！你的额头和她的一样纯洁、突出、雪白，可是你不是尘土做成的人。听你的声音有点……什么呢？这比我已故的母亲的摇篮声听起来还要亲切。尽管如此，你不是那个农家孩子，你不是我的小爱人，没有坐到过我的脚旁，用你的头发烘干我的伤口：跟我说！——要是你是她……你不是她！……要是你是她的话，然后……然后……我怎么才能抓住这道光，可以打破我那神圣的监狱的墙壁？要是你是他的话，我过去的生命都是睁眼瞎，在深渊之中才能找到这副面容！我应该祝福，而不是诅咒！我应该感恩，而不是抱怨那些引领我的人。要是你是她的话，我曾经站在王位那么高的地方，我必须下来，用指甲和牙齿挖阶梯直到墓地里，一个不是全能的人用他那最仁慈的拳头将我推进去。你不是她……圣母玛利亚万福！主啊，宽恕我！

（他昏倒在地。他的噜噜声化为叹息声，泪水之中，灵魂找到出口。）

（在教堂奇怪的光亮之下，奥特戈博出现，好似无躯体存在，被灵光照耀。她走到昏倒的海因里希旁边，倚靠在一个膝盖上，用双手把他的头向上托，亲吻他的额头。他盯着她看，像个孩子一样顺从，好像她是一个天国的存在。神父也不由自主地跪下。）

奥 特 戈 博：可怜的海因里希，过来，已经晚了。
海 因 里 希：圣母玛利亚万福！
奥 特 戈 博：过来！
本尼迪克特：你要去哪里？

奥特戈博：去庆祝我在天国的生日。

本尼迪克特：在那个萨勒诺医生的刀下？

奥特戈博：本尼迪克特神父，谢谢！记得我！

本尼迪克特：我该怎么向你那可怜的父亲说呢？

奥特戈博：我的父亲在天国，我比你更早地见到他……

本尼迪克特：（对海因里希，）您想去哪里？

海因里希：问她，我不知道。

奥特戈博：来，可怜的海因里希，过来！别耽搁了！神父，你想用绳子把我和这个尘世绑在一起吗？我本来可以用我血液里极小的一滴来取得天国的王冠，你是要把它偷走吗？

海因里希：孩子，你是我的……

奥特戈博：我属于主。不是你的。好难过！走吧，你说什么？

海因里希：……我获得如此之多的生命，因为你的神圣的双手可以为我汲取！

奥特戈博：我会从拯救之井里为你汲取圣水，而不是从我们的世界里。——走吧，走吧！一切皆是主的安排。我必须！我想要！我必须！凡人的言语不会阻碍我。神圣的力量……

本尼迪克特：如果你是上帝的新娘，我要把你带到修道院，孩子，就像我去那里，然后就待在那里：现在，马上！

奥特戈博：不，神父！

海因里希：孩子，我跟着你。把我带向活着！或者把我带向死亡！对着圣劳伦斯的火刑架，对着玻雷卡的木柴堆起誓：我会嘲笑每一个刽子手，只要你在身边，我要成为你的言语的殉道者。

第五幕

  奥氏家族城堡的大堂里。通过背景上的一扇门可以看到一个毗邻的小教堂，教堂上有个祭坛及其他东西。奥氏家族的旗帜、十字军旗帜以及其他的纪念品都在里面悬挂着。在小教堂的右侧相邻之处，是一个罗马式的柱廊。在大堂左侧，一个豪华装饰的沙发椅宝座，华盖下面有几节阶梯。时值暮春时节，一个阳光灿烂的早晨。

  哈特曼·冯·奥衣着华丽，本尼迪克特神父和奥塔克尔如以往一样武装待发。

本尼迪克特：（与哈特曼亲密交谈，奥塔克尔毕恭毕敬地站在一旁。）据说，他在亚琛的一次比武中，被一个骑士用头盔戳住，倒下来……

奥塔克尔：翘辫子啦！

哈　特　曼：要是果真如您所说，神父，那么几乎一模一样的关于康拉德伯爵死亡的消息也传到我的耳朵里。作为主人的虔诚的仆人，我敢说，上帝安排的道路比我所说的还要神奇。因为现在，——您晓得，我毫不费力就为咱们的老主人保住了这座坚固的城堡！我刚收到一封信，是他那坚定的男子气概的双手书写的。

本尼迪克特：来自意大利？

奥塔克尔：不是的,我认识送信的人。他是附近山谷里的一个烧炭工人。

哈 特 曼：你问过他?

奥塔克尔：当然问过!我仔细询问过,可是那个顽固的东西就跟木炭一样懒得说话。

本尼迪克特：你们认为他已经在附近的山谷里吗?

奥塔克尔：要是我们的主人不在那里的话,就打死我!

哈 特 曼：肯定在那里。不然除此之外,又能在哪里呢?除了他,谁又会写这封信呢?读读这封信!虽然很多地方含糊不清,不过还是相当确定,他可能今天会来到我们这里。

本尼迪克特：你们看这里,——我的信,用拉丁文写的,从威尼斯发过来的……

奥塔克尔：以圣安娜的名义,我觉得那封信好像不是他写的。

哈 特 曼：信里说了什么?

本尼迪克特：几乎都不清晰:虽然那时候我几乎激怒他,不过他还是以基督徒的身份原谅我……

奥塔克尔：上帝赦免我们所有人!

本尼迪克特：现在我应该表示顺从,在施洗者圣约翰节[1]的早晨将城堡里的小教堂为他打开……

哈 特 曼：(带有预料到的欢快。)既然你们都在这里,那就照着做。拿着钥匙。感谢上帝,感谢我的3000骑士和仆人,我能够让它保持不变!——多亏了它,我

---

1 施洗者圣约翰节在每年的6月24日。

才重新又得到仆人……拿着它，下去到藏有宝藏的地窖里。相信我，康拉德伯爵的贪婪的嘴巴正想去做。把那个卡尔大帝时代的圣餐杯拿上来。

本尼迪克特：（拿钥匙。）听从您的指示。——您觉得，他痊愈了吗？

哈　特　曼：（耸肩，）呃，本尼迪克特神父，我不知道。

本尼迪克特：您有没有听到谣传，说那个医生神奇的疗法成功了？

哈　特　曼：嗯，除了这个谣传，还有很多其他的谣传。有几十种说法，他死在佛罗伦萨，帕多瓦，或者是拉维纳……躺在卡西诺山上死去，淹死，被刺死，跳进埃特纳火山！还有其他无数种说法：一个天使亲吻他，然后就痊愈了；波佐利的水使他洁净；萨勒诺的医生治愈他。

本尼迪克特：（叹息，）我们该相信什么？我们又该做什么？

哈　特　曼：你们像我一样：坚贞无二，忠诚依旧！

本尼迪克特：奥特戈博呢？

哈　特　曼：本尼迪克特神父！如果我们的主人恢复健康，我想说，上天已经从他身上唤醒其神圣的一面，他因此活着，而奥特戈博的死亡应该是上帝的安排。

本尼迪克特：唉！在这里迎接他，始终是一件痛苦的事。骑士先生，自从孩子失踪之后，我所看到的，我所遭受的……唉！我们一直找她：戈特弗里德、布里奇特和我，一个地方接一个地方，从一个城市到另一个城市，在医院，在穷人的酒馆……先生，这些东西我不会忘记。除此之外……要是我能够从罪恶之中解脱该多好！罪过一直在我胸中，一个严厉的指责在我的心里噬咬着。

哈 特 曼：您从这个姑娘年轻的时候就认识她？

本尼迪克特：她就像是我的女儿，我自己的孩子！要是我能够把她当作自己的孩子，对她来说我也能够完全像个父亲一样该多好！可是我只是个受雇佣的人，而非牧羊人。

哈 特 曼：我能够把我的想法说给你听吗？维纳斯女神搅动了这个乡村姑娘的心。

本尼迪克特：那是尘世的爱。先生，您是对的。那是没有希望的爱，希望一切，必得忍受一切。我以前也曾走上同样的歧途，——被天国的光芒吸引，我眼睛瞎了，没能认出来。

哈 特 曼：本尼迪克特神父，我不这么认为。就是在今天我仍然认为这个孩子是圣洁的！看起来像天国的，即是天国的。尘世的爱，还是天国的爱，都一样是爱。

本尼迪克特：这是尘世的智慧！愿我在审判时刻拥有更多！

哈 特 曼：正是为了海因里希，她才会甘心赴死。为什么？我一直在想这个问题。她的爱在死亡里取胜：死亡是她的爱的表现。

本尼迪克特：若是这个孩子将生命献于爱，这是一个奇迹，令人惊叹！真的，我们都想由此宽慰自己。可是我无法再相信：珍珠掉落，落入臭水沟里。上帝原谅主人……永远不要宽恕我！

哈　特　曼：（奥塔克尔做出要离开的姿势，哈特曼对奥塔克尔，）奥塔克尔，你要去哪里？

（奥塔克尔做出拒绝的姿势，不情愿地站在那儿。）

呃，什么意思？

（对本尼迪克特，）

您也许认识这个勇敢的骑马的人？

本尼迪克特：不认识。

哈　特　曼：不认识？他肚里有很多滑稽的故事，不仅在马厩里跟仆人和姑娘们说，还常常在小孩子的房间里说。

奥塔克尔：天打五雷轰！……先生，您说这些是什么意思，我不明白！

哈　特　曼：他诅咒，天空会压下来。他发誓，蛤蟆会蹦蹦跳跳。或者不是这样？他发誓，他从未把萨勒诺医生的消息告诉那个可怜的农家女孩。

本尼迪克特：您就是那个人？

奥塔克尔：我是哪个？什么啊？魔鬼带走我！先生，我不会诅咒……让我安心地去我的堡垒里。

（奥塔克尔下。）

哈　特　曼：好吧！就是他。

本尼迪克特：就是他离开我们的主人？

哈　特　曼：他就是把邪恶的念头放进那个孩子的头脑里的人！他的脑袋是一个蛇下蛋的窝，他身体里的狂热几乎时时刻刻都能从里面孵出幼蛇。他十分虔诚地给我们拿来木柴，就是烧死麻风病人和犹太人的木柴堆，浑身挂满护身符，相信猫头鹰的叫声预示着凶兆，手指就跟小偷的差不多，拿着一小瓶人血，时刻装在包里，对着一切恐惧、陌生或感到不可理解的东西起誓。

本尼迪克特：魔鬼遍地走的时代！就这样吧！但是不忠始终是可耻的。

哈 特 曼：瞧，那个以前由于胆怯离开主人的人，最近从城堡上跳下去，反抗以前那个主人的敌人：就像一个勃然大怒的野猪，抱着必死的勇气。

奥塔克尔：（飞奔般冲进来，）先生，魔鬼进我的嘴里了！请给我放假！

哈 特 曼：你要去哪里？

奥塔克尔：我要离开！一个老男人在下面的大厅里，上帝宽恕，还有一个老太婆……该死，我最好去摩尔人的国土！

哈 特 曼：（从窗户往外看，）戈特弗里德！布里奇特！——神父，真的，他们两个老人从森林里回来了！

（奥塔克尔下。）

本尼迪克特：您看清楚了吗？

哈 特 曼：不是特别清楚。不过我觉得不是什么坏事。想想您的祭坛！所有的迹象，尤其是这个刚出现的迹象都表明，我们的老主人完全有机会按照原有的方式重新掌控这一切。今天开始，一个善良的圣徒出现，我想除上帝外，我应该把自己交给他。

（一个神父出现，左手拿着兜帽挡住了脸庞，右手是个朝圣用的木棍。他急切地穿过房间。）

哈 特 曼：（惊恐，拦住他。）你要去哪里？你是怎么通过门口的守卫的？

（这个神父做了手势，表示他只跟哈特曼一人说话。）

你下去吧！他带来了讯息，似乎只能告诉我。

哈 特 曼：（拔出剑。）现在说吧！

陌生的神父：哈特曼！

哈 特 曼：海因里希！仁慈的上帝！

（二人不言语，拥抱。）

海因里希：上帝对我说：去吧，出现在教士面前。

哈 特 曼：您痊愈了？还有……

海因里希：那个孩子？派人到森林里，我让我的小爱人亲自回复你。

哈 特 曼：感谢上帝！那个孩子还活着？

海因里希：你觉得，我站在这儿，所以她已经死去？

哈 特 曼：（坚定地，）不，主人。

海因里希：（同样坚定地，）她还活着，哈特曼。

（再次拥抱，然后分开。）好啦，先这样！在我身体恢复健康，双脚重新踏上这古老的石块——我们家族城堡的岩石之上前，这期间都发生了什么别的事情？……安静！最重要的是，我知道的、获悉的、体验到的、探查到的、忍受到的，就是在合适的时间到来前保持安静！哦，善良的哈特曼……要有耐心！

哈 特 曼：您知道吗？您的堂兄康拉德，在骑马比赛中摔下，伤得很重。

海因里希：我知道，他从马上跌下来，不是被别人而是被自己的老马给扔下来，死也死得这么不光彩！天使们在摇他们的色子筒！就那样，我的朋友，我们回到今天紧急的事情上。勇敢的本尼迪克特神父在哪里？

哈 特 曼：他去地窖里取祭坛上的装饰物了。

海因里希：跟他这样说，赶快过来！我的好朋友，让他到十字形回廊里把香桃木拿来！我今天要举行婚礼，不要耽搁。让看门人扎一个朴素的花环，适合戴在年轻的乡下小姑娘头上就可以了。

哈 特 曼：您说什么？

海因里希：我的朋友，没什么，就刚才说的这些话。我已经决定的事情就这样，按应该如此的那样。这就够了。当第一道仁慈之光碰到我，一个圣灵降临我身，我就被洁净了。卑劣之物从阴沉的、邪恶的胸怀里飞溅出去，冰冷的灵魂里杀气腾腾的气息消失，憎恨、复仇欲、愤怒、恐惧以及渴望被人接纳的疯狂，在杀戮之下都已死去。可是此时我很无助。我麻木地紧贴着她，盲目地跟随着她的步伐，闯入她的光环……在她的气息范围内，我能够再次呼吸。而以往总是躲避着我的睡眠，当她将手放在我的额头上时，在魔鬼面前将我的心门再次紧锁。

（本尼迪克特神父出现。）

我在找你！神父，我首先找的就是你，快过来！帮帮我！我又恢复了健康，我痊愈了！离目标，——神父，离目标还很远。不要说话！继续听我的忏悔！第二道仁慈之光又降临到我身上。

我应该怎么说呢？新的光芒是从孩子的沉重的睫毛下发出来的，她活着！老人家，你不要看起来这么苍白。在这将死的昏暗的可怕世界里，我的爱复活了。光芒照万物，山丘都点满了快乐的火光，大海也欢快无比，幸福降临至天边。复活的力量快乐地在我的血液里重新躁动起来：它们变成强烈的意志，是我体内的一股强力。我几乎都可以感觉到，它在我的体内与我的疾病在做斗争。虽然我还没有恢复健康，不过我感觉到一点：我一定会恢复健康，或者与她一同死去。诸位，不管我说什么，不管我如何请求，她坚持带我到萨勒诺去。我想打破她的誓言，可是誓言却征服了我。——虽然南方的天堂常常也会阻拦住她的脚步。她呆呆地站在亚平宁山充满花香的绿宝石中，为那里的壮美而惊叹……有时静静地在沙滩上……或者在痛苦与幸福前面无血色……或者……在这样的情况下我觉得她非常伟大，就像从尘世上升起来的六翼天使一样高大。可是，我得说，之后她就逃离世界，就像对死亡有一种急切的渴望一样，她拉着我使劲往南走。尽管遭遇到了刚才我所说的那一切，我们还是来到萨勒诺那个医生那里。他开始跟她说话。医生问："你想做什么？""我想死去，"她说。他惊呆了，给她看了刀、用具、刑台，劝过她十次……可是他的话根本丝毫不能让她动心，这时医生就和她一起关进他的小房间里。而我……我不知道发生什么事情。我听到了一声呼啸，光芒照亮了我，就像火焰和刑罚割在我的心里。我什么也看不到！忽然从门上飞出碎片，我的两个拳头都在滴血，然后我就走过去，——似乎是走过去的，往中间的墙壁走去！朋友们啊，而她现在躺在我面前，像夏娃一样赤身裸体……她紧紧地绑在木头上！然后第三道仁慈之光就降临到我身上：神迹完成，我已痊愈！哈特曼，只要那纯粹的永恒的笔直的神性之流没有为你开辟出一条通往秘密的匣子的道路，那匣子里藏着我们一无所知的关于造物的神奇秘密，你就像一个没有灵魂的躯体，就像一个黏土做成的假人，就像魔术师手下的玩物，由陶土或者石头……或者是矿物做成的，反正不是神的孩子。然后生命便注入体内。天国的光芒从你的胸中溢出，毫无阻拦地四处流溢，光芒击破了你的监狱的围墙，你被拯救！你，还有这个世界！流溢到永恒的爱中。去把她带进来。

（哈特曼下。）

神父，她在这里。不过她不再是你以前认识的那个小姑娘。就在那个时刻，我把她从医生的行刑架上解开，把这个天国的颤抖的礼物拿走时，她就已经瘫倒在地。一开始她躺在那里，连续几个星期都发着高烧。当她从病床上起来时，看起来完全变了。尽管她的双脚都走不上路，她还是没上我给她买的那个供她上路的马。她四肢比铅还沉重，挣扎着跑到我这里。她看起来好像想逃开我，不过还是战栗着、忍受着我在她身边。

本尼迪克特：她在哪里？让我看看她！主人，请您原谅，在这感恩的时刻我激动得说不好话。她来了！让我们单独待一会儿。

（海因里希退到小教堂里。）

（奥特戈博由哈特曼领进来。她脸色苍白，过度疲惫，光着脚，穿着就像一个朝圣者，拄着棍。）

奥特戈博：（难以描述的震惊，四处看，）先生，我现在在哪里？

哈特曼：在奥氏家族的城堡里。

奥特戈博：哪里？

哈特曼：在奥氏家族的城堡里！

奥特戈博：哪里？——在哪个国度？

哈特曼：在黑森林，在自己的家里，女主人！

本尼迪克特：看着我，你不认识我了吗？

奥特戈博：（拼命想，）给我点时间想想！

（带着恐惧不安的欢呼扑到他的胸口。）

本尼迪克特神父！不要告诉任何人……我是谁，神父。一定要帮帮我！保守秘密！你是个好人！可怜可怜我，不要让那难以启齿的羞辱把我烧死。

本尼迪克特：孩子，别急！要是你在其他地方不安全的话，我会把你藏起来……

奥特戈博：嗯，就在你这里……在你的安静的房间里……

本尼迪克特：怎么回事？

奥特戈博：在你这儿，森林深处，很安全……

本尼迪克特：孩子，你路途跋涉累坏了，赶紧恢复过来。你弄错了，鸟儿在山谷里鸣叫，回声在城堡的房间和厅堂里。我们现在不是在森林里。

奥特戈博：我弄不清我们在哪里。神父，我们赶紧到山里面去！听我说……不！过会儿再说。走吧！不是在这儿。我撒谎！我被诅咒！我被驱赶出去了！

本尼迪克特：孩子，不是这样的，你的行为证明结果恰恰相反。你愿意献出你的生命，来给病恹恹的可怜的海因里希赎罪。就像对以撒一样，上帝亲切地把你从祭坛上拿下。

奥特戈博：我死了，——就是死在祭坛上！陌生、疯狂、冷酷的火焰将我吞噬，我的骨头熊熊燃烧。我想大叫：魔鬼，放开我吧！可是声音在我那贪婪的嘴唇上凝固。"邪恶的医生，在我沉沦之前，刺死我！"我叹道。——可是徒劳无功。饥渴的躯体贪婪地吸取敌人的毒液。在天使唱赞美诗之前，我所有的要求都死于撒旦的胸脯。

本尼迪克特：（在她说话的时候一直支撑着她，领她到宝座上去，）我该说什么宽慰你呢？你看，你认得我，也知道在这广阔的世界上没有比你更亲近我了。记住我这个年迈的忏悔神父所说的话！那个医生，那个所谓的大师，可能是个魔鬼：在最后关头主人将你救起。所以现在你不是在魔鬼的手里，而是在那个人的怀抱中。你为他的灵魂拯救而牺牲，他现在也为你的灵魂拯救而付出。

奥特戈博：（筋疲力尽，跌倒在沙发椅上。）我撒谎了！我没有为他的灵魂拯救而付出，为此上帝会把我钉在耻辱柱上。（双手捂住了脸庞。）

海因里希：（从小教堂里走出来，跪在她的面前。）看着我！不要害怕！你现在不是笼子里的鸽子，——我也不是那条蛇，看到它你会怕得发抖。你是我的，我整个人都是你的。我不是那个专门诱惑人的撒旦，绝不是！我只是被诱惑，就像你一样，也是被诱惑。虽然你已经更加不受尘世的残渣约束，这把火也已经让我变得高贵，我要把纯洁之水构成的金刚石镶嵌为精炼的金属环，那金刚石便是你那未受玷污的灵魂。

哦，我的小爱人，跟我说句话，只需轻轻地回答我轻轻的提问。然后你就可以在这早晨过于沉重的劳累之后好好休息，这个早晨已经变为明亮的白日。你不愿意再把我失去的生命还给我，把你的生命献给我吗？把你的生命献给我，它过去，现在都永远是我的！你是我的忠于死亡的女仆，今天最后一次再听从我的指令：从今以后，做我的女主人！做我的妻子！

（奥特戈博眼睛张得很大，心醉神迷。之后，就像被一个强烈的光线照射得眩晕一样，她慢慢地合上眼睛。）

本尼迪克特：在强烈的光芒下，她睡着了。不过她已经看到了灵光。

海因里希：（跳起来，坚决地，）尘世的婚礼，抑或永恒的死亡！

（奥塔克尔出现在门口。他认出了海因里希，朝他那边走了几步，瘫倒在他前面。）

奥塔克尔！你这个忠诚的不忠诚者！站起来！所有人都需要原谅。你在斗争！我看出来你在斗争。在斗争的人都是生命活跃的人，尽管不停地犯错误，但是走在好的道路上。朋友，现在为了表明我如同以前一样仍然是你的主人，在我去穿紫袍期间，你要做好我的王位的守护者。

（他和哈特曼下。）

本尼迪克特：休息吧！休息吧！

奥塔克尔：（站在王位旁。）神父，她在这儿睡了千年，如果我从这个位置离开，就让死亡降临到我的身上，让我陷入永恒的诅咒之中！

（神父走进小教堂，人们可以看到他在祭坛旁忙活。慢慢地大厅里来了很多骑士，有的穿铠甲，有的未穿铠甲。）

第一个骑士：在哪里？

第二个骑士：在那边！

第一个骑士：在哪里，骑士？

第二个骑士：在那边的王位上。

奥塔克尔：轻声点，先生们！

第一个骑士：那个画像是什么？

第三个骑士：诸位先生，真的，她就是那天我从大厅的窗户上看到的人，她在门前墙壁旁的泉水处弯下身子，空手饮水。

第一个骑士：她是历险夫人吗？

奥塔克尔：先生们，请安静！一个圣女的睡眠也是神圣的。此外，她现在也是我们的女主人。

第四个骑士：什么？

（骑士们会心发笑。）

第五个骑士：那个怪癖的魔鬼预言家怎么说的？她不过就是一个徒步走路的姑娘，除此啥也不是。

奥塔克尔：你们身上都会生蛆的！你们的眼睛会变瞎……她还活着！感谢上帝，她还活着。

第一个骑士：她当然还活着。她动了动嘴唇。

奥特戈博：我从未听过这样的暴风雨之歌……

第二个骑士：她在做梦。

奥特戈博：哦，父亲啊，你听不到歌声吗？

第一个骑士：她在说什么？

奥特戈博：哦，母亲，你没看到……？

第一个骑士：她想做什么？

奥特戈博：一个王冠落下来……上面有很多手！

第三个骑士：孩子，你是谁？

奥特戈博：（睡梦中。）你们的女主人！

第一个骑士：亲爱的孩子，不管你是谁，我都愿意为你的魅力弯下我的膝盖。不过我们的可怜的海因里希·冯·奥伯爵在外面流浪，至今尚未娶妻。

（骑士们感到惊讶，愈来愈激动。）

本尼迪克特：（从小教堂走出来，神秘地，）安静！平静，先生们！你们听着，这个奇迹由这样的一双手带来，凡人的意志是无法阻挡的。王位上的华盖从未像今天这样让女性如此高贵。弯下身子！她是你们的女主人，一定是！下落不明的主人，海因里希·冯·奥，早已现身，留在我们这里。他已恢复健康，从骨子里已经痊愈，马上就会成为这座大厅骄傲的支柱。

（骑士们发出巨大的欢笑声：好了！好了！海因里希身穿紫袍，佩剑，与哈特曼一起进来。他们进来之前，三个侍童先进来，第一个侍童托着两个王冠进来。）

海因里希： 非常感谢！灵魂已经复生，爱仍依旧，祝福大家！我把伤疤藏在紫袍下。伤疤比紫袍还要珍贵！我已经彻底把握住真理，而真理把鲁内文[1]织进我的体内。在恐惧、痉挛和带血的泡沫底下发酵的东西，我已认得。——我看到了！我曾绝望地在受诅咒的灵魂的水池里翻滚，直到我们都寻找的爱神降临到我这里。

（转向奥特戈博，）

圣·奥特戈博！纯洁的鸽子！回来吧！醒来吧，爱人！小伙子，把王冠给我！

（他拿一个王冠，戴在奥特戈博的头上。）

---

1 鲁内文，日耳曼民族现存最古老的文字。

这个少女是我的中间人，——真的！若没有中间人，上帝不会拯救我。这已足够！

（他为她加冕。）

因此我想问你们，——上帝总是在人睡眠的时候为选民加冕的，——你们想尊她为女主人，比尊敬我还要多，站立在她的温柔的力量下吗？你们愿意为我们敲响婚礼的钟声吗？

哈 特 曼：主人！主人啊，您说什么呢？岂止是钟声！我们要敲响青铜做的盾牌，在古老的城堡的窗下欢笑，就像言语和欢乐飘荡在山谷里！

（骑士们再次响起雷鸣般的欢笑声。）

海因里希：（一丝阴暗的情绪飘过。）安静，不要喧哗！过度的喜悦，只能让人麻木，而不能唤醒他人……会亵渎节日盛典，影响人的心情。懦弱的人喜欢喇叭狂野的声音。而我们绝不懦弱，我们是男人，一直拥有理性。理解快乐并做快乐的主人，这是件令人骄傲的事情。龙骨做的船在深渊之上，我们在上面滑行。一个人潜入水中，又回到上面，已经痊愈。如果他再次发笑，他的笑容与黄金一样宝贵。

奥 特 戈 博：（醒过来。）我怎么了？

本尼迪克特：顺从命运！躬身行礼！

海因里希：不！不要躬身行礼，你要骄傲地站起来！站起来。

奥 特 戈 博：（颤抖着，快乐地站起来，）如您所说，主人！

海因里希：（对本尼迪克特，）现在继续干活！

（本尼迪克特神父换了戒指。这时钟声轻轻响起。）

奥 特 戈 博：啊，可怜的海因里希，你受罪了。

海 因 里 希：你比我遭受更多的痛苦。不过，我的爱人，此刻不说这个。《古兰经》里说："苦尽甘必来！"

奥 特 戈 博：会如你所愿地发生。

本尼迪克特：已经发生了！

　　　　　　（海因里希把奥特戈博拉到身边，他们给对方一个长长的吻。）

奥 特 戈 博：海因里希！我死于甜蜜的死神手中！

海 因 里 希：（将第二顶王冠戴在头上。）我再次抓住了我的土地上的财富。死亡！复生！永恒之钟敲响两次。我解放了！我的鹰，我的隼，再次飞翔！

图书在版编目(CIP)数据

豪普特曼新浪漫主义戏剧三种 /（德）盖尔哈特·豪普特曼著；胡继成译 .— 上海：上海社会科学院出版社，2022
ISBN 978-7-5520-3799-9

Ⅰ.①豪… Ⅱ.①豪… ②胡… Ⅲ.①戏剧文学—文学研究—德国—现代 Ⅳ.①I516.073

中国版本图书馆 CIP 数据核字（2022）第 075574 号

豪普特曼新浪漫主义戏剧三种

著　者：〔德〕盖尔哈特·豪普特曼
译　者：胡继成
责任编辑：路　晓
封面设计：徐　蓉
出版发行：上海社会科学院出版社
　　　　　上海顺昌路 622 号　邮编 200025
　　　　　电话总机 021-63315947　销售热线 021-53063735
　　　　　http://www.sassp.cn　E-mail：sassp@sassp.cn
照　排：南京理工出版信息技术有限公司
印　刷：上海新文印刷厂有限公司
开　本：889 毫米×1240 毫米　1/32
印　张：8.375
字　数：190 千
版　次：2022 年 6 月第 1 版　2022 年 6 月第 1 次印刷

ISBN 978-7-5520-3799-9/I·451　　　　　　　　定价：58.00 元

版权所有　翻印必究